迫る顔面が秀逸すぎて見てはいけないものを見ている
ような恥ずかしさに襲われた。
（先生……別の意味で……気絶しそうです……）

コワモテ弁護士に
過保護にお世話されてます

玉紀 直

Vanilla文庫Miel

コワモテ弁護士に過保護にお世話されてます

Nao Tamaki Presents

CONTENTS

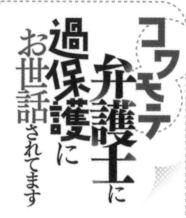

イラスト／芦原モカ

プロローグ

「なにか……しました？」

聞く権利はあると思う。

目が覚めたら、見知らぬ場所の見知らぬベッドで寝ていた。おまけに勤め先の上司がいる。

昨夜はバーで一人で飲み、我ながら飲みすぎた。状況から察するに……お持ち帰りされた……と考えるのが妥当だ。

見知らぬベッドで上半身を起こし、上掛けを胸元まで引き上げて、藤沢杏梨《ふじさわあんり》は疑惑のこもった目で彼を見る。

ベッド横に立ち、腕を組み、無表情に杏梨を見下ろすこの男——久我《くが》智琉《さとる》は久我法律事務所の弁護士にして所長である。

一八〇センチを超える身長、精悍《せいかん》な体軀《たいく》、相手に感情を読ませない無表情と奥二重の目が鋭く異様な威圧感がある人物だが、男前が過ぎるせいでそれらをプラス要素に変えてしまっている。

御年三十四歳。これだけのいい男がこの歳で未婚なのは、性格に問題があるからに違いないと思われても仕方がないだろう。

だが、智琉のもとでパラリーガルとして働きはじめて五年になる杏梨から見て、それほど強烈に問題があるわけでもないと……あっても結婚の妨げになるほどではないと思うので、単に結婚願望がないだけかもしれない。

憎らしいくらいにエグゼクティブな独身貴族である。

そんな彼が、自分専属のパラリーガルを、酔い潰れているのをいいことにお持ち帰りしてなにかした……とは、正直考えにくい。

が、しかし、バー以降の記憶がない不安から、つい先程のようなセリフを口にしてしまったのだ。

見知らぬ場所で目が覚めて、そばにいる男に「なにかした?」なんて白々しいセリフを投げかけるなんて、現実にそんな状況あるはずがない。物語の中でだけ、と冷めた目で見ていたというのに。

自分がその立場になると、聞かずにはいられない。

「そう聞くということは、君は、昨夜、自身に起こったことをなにも覚えていない……ということで間違いはない?」

表情ひとつ変えず、智琉はそう返す。こちらの質問に答えてもらっていないのに質問されてしまった。そんなわずかな不快をも彼は読み取る。

「君の質問に答えないのが腹立たしいようなので、先に答えよう。君になにかするほど困ってはいない。ちなみにここは俺が住むマンションだ」

（コンのぉっ……毒舌男ぉっ！！！！！）

心で叫びつつ、杏梨は平静を装う。このくらいで感情をあらわにしていては、智琉のパラリーガルは務まらないのである。

「第一に、君は服を着ている。昨日着ていた服だ。寝相は悪くないようなので着崩れてはいないだろう。ブラウスのボタンひとつ、ストッキングのヨレひとつにさえ、怪しげな点はない。身に着けていたものを動かしたとすれば、唯一靴だけは脱がせた。納得したか？」

確かに杏梨は昨日の服をそのまま着ている。ブラジャーが外れている様子もない。

「はい、納得いたしました。先生にいただいた質問ですが、わたしは、昨夜自身に起こったことをなにも覚えておりません」

「よろしい」

智琉はゆっくり首を縦に振る。彼が本当に納得したときの仕草である。

「それなら、なぜ記憶が飛ぶほどアルコールを飲んでしまったのか。それは覚えているかな？」

「……アパートが火事で燃えてしまったから、どうしようかと……」

言葉に出し、ハッとする。

（アパート、燃えちゃったんだ！　わたしのお城がっ！）

「そう、住んでいたアパートが全焼した。途方に暮れた君は、バーに入り酒を飲んだ。自分の限界量も考えず。その結果、ダウンして眠りこんでしまった。急性アルコール中毒にならなかっただけよかったと思ったほうがいい」

いっそ、急性アルコール中毒になって病院に運ばれていたほうがよかったかもしれない。そうすれば、見知らぬ場所で目覚めて動揺したあげく、雇用主に昨夜の失態を掘り返されることもなかったのではないだろうか。

「君を引き受けたのが俺で幸運だったといえる。怪しげな危ない男にお持ち帰りされていたかもしれない。さて、ここからが本題になるが……」

腕組みスタイルをやっと解いた智琉は、片腕をベッドにつき杏梨の顔を覗《のぞ》きこんでくる。

杏梨はこそっと控えめに片手をあげた。

「……先生、よろしいですか……」

「なんだ？」

「その反対尋問みたいな話しかたやめてくださいっ」

気分は被告人である。智琉の強面無表情で追い詰められれば、そうは思っていなくても
「わたしが悪かったんです！」と叫んでしまいそうだ。

すると、智琉は無造作にベッドに腰を下ろした。勢いがよかったせいでベッドのスプリングと一緒に杏梨の身体もはずみ、心臓までドキッと跳ねた。

「わかった。それならフラットにいこう。藤沢さん、今日からここに住みなさい」

「……は？」

「幸い、部屋がひとつ空いている。そうと決まれば風呂にでも入ってこい。湯を張ってきてやる。今日も仕事だからな。酔い潰れて眠りこんだボロボロの状態で仕事に出たくはないだろう？　俺はそのあいだ朝食の支度をしているから」

言いたいことを言って智琉はさっさと立ち上がり、ドアのほうへと歩きだす。

智琉の口から「フラット」などという言葉が出たのも驚きだが、杏梨の新居をアッサリと決めたうえに、今からやるべきこと……やったほうがいいことまで決められてしまったのはさらに驚きだ。

（わたしの意見はぁ⁉）

「せっ、せんせいっ、ちょっと、ちょっと待って……痛っ！」

いきなりの頭痛。杏梨は片手で頭を押さえ、そのまま両手でかかえてうつむく。智琉は問答無用で部屋を出て行ってしまった。彼にとって杏梨がここに住むのは、すでに決定事

項のようだ。

(なんで……こんなことに……)

両手で頭をかかえたまま、杏梨は考えこむ。

(なんでこんなことに……なっちゃったんだろう……)

考えても今さら遅い。

そうは思いつつも、杏梨の思考は数日前にさかのぼっていた……。

第一章　完璧（だと思われている）パラリーガル

「本当にお世話になりました。久我法律事務所さんにお願いして、本当によかった」

この言葉をもらうと最高に嬉《うれ》しいし、調査での苦労も報われる。

そしてなにより、「そうでしょ、そうでしょ、うちの先生は最高の弁護士ですから！」と誇らしい気持ちになるのだ。

浮かれ気分にはなれど、そこはグッと抑えて平静を保つ。杏梨は高まる自慢したい欲を微塵《みじん》も表に出さず、にっこりと微笑む。

「そうおっしゃっていただけると、わたしも嬉しいです。久我にも伝えておきますね。喜びます」

落ち着いた物言いは好感度大。お世辞でお礼を言っていると思われていないかと不安を覚える相手にも、安心感を与えることができる。

今だって例外ではない。セリフの主である岩井《いわい》由佳里《ゆかり》はホッとした表情を見せ、カウンター内に並んで立つ体格のいい夫と顔を見合わせて笑う。

小さなカフェ【ぽえっと】の店内。客は奥のテーブル席に二人だけ。午後の中途半端な時間のためか閑散としているが、ランチタイムやディナータイムには席がいっぱいになる。

表通りに面してはいるものの、目立つ外観ではない。それでも店主夫妻のあたたかい応対と美味しいメニューのおかげでリピーターが多く、口コミが客を呼び、店は繁盛していた。

だが、そんな【ぽえっと】の人気をひがんだ同業者に嫌がらせを受けたのである。

嫌がらせをした理由は、自分の店はもっと立地がいい場所にあるし、広告費をかけて宣伝してキャンペーンを打ったりクーポンを出したりしている。それでも小さなカフェに敵わないのが悔しかったから……とのこと。

イラつく気持ちはわからないでもないが、嫌がらせをする気力と体力があるなら客のために使えばいいのにと思う。

できれば話し合いで解決したい。【ぽえっと】店主夫妻の希望を汲《く》んで、あいだに立ったのが久我法律事務所の久我智琉弁護士である。

相手は横柄で乱暴な男性でなかなか非を認めなかったが、強面で迫力があることにかけては智琉も負けてはいない。

強面のいい男というものは、黙って相手を凝視しているだけで威圧的である。

話をつけ、謝罪をさせ、二度としないという念書を書かせ、ついでに和解金まで出させせてしまった。

「藤沢さん、これ受け取っていただけますか」

カウンターから出てきた由佳里が白い箱を差し出す。事務所で使っているデスクトレーくらいの大きさだなと考えつつ手を出さないでいると、中身を教えてくれた。

「お店で出している焼き菓子のセットなんです。先日、先生と藤沢さんにお出ししたとき、お二人ともとても美味しいって褒めてくださったので……。調子にのって用意しました。お仕事中のお茶うけにでもしてください。……あの、ご迷惑じゃなければ……」

最後のほうで控えめな口調になってしまったのは、杏梨がなかなか手を出さないからだろう。よかれと思って用意したものの、相手にとって嬉しいお土産ではなかったのかもしれないと困惑しているのだ。

「とんでもありません」

杏梨は両手でしっかりと箱を受け取り、おだやかな声で続ける。

「ありがとうございます。お気持ち、とても嬉しいです。今度はお客さんとして買いにきます」

由佳里は心からホッとしたようだ。場が砕ける。

「礼儀正しいし、真面目だし、感じはいいし、美人だし、ほんと、藤沢さん、うちの店のスタッフにほしいくらいです」

「三食賄いつけるよ、どうだい？」

由佳里の夫も妻の言葉にのって口を出す。もちろん三人とも冗談だとわかっているので、楽しげな笑い声がみっつ、なごやかに交じっただけだった。

が、杏梨だけは心の中で悔しさを叫ぶ。

(三食賄いつきって、信じられないほど魅力的なんですけどぉぉぉ！！！！)

そんな心の叫びを胸に隠し、杏梨は〝久我弁護士の優秀なパラリーガル〟たる姿勢を貫き通す。

「おそれいります。久我にもそういった褒め言葉をもらえるように、もっと精進しなくてはなりませんね」

店主夫妻が感心するほどの、にじみ出る誠実さ。

清く・正しく・美しく。〝久我弁護士の優秀なパラリーガル〟として、杏梨は今日もそう自分を律するのである。


副都心、複合商業施設内のオフィスビル。その二階に、久我法律事務所がある。

法律相談から民事事件、刑事事件、少年事件と幅広く取り扱っている。が、持ちこまれる依頼は商業施設内のトラブルや、店舗、企業からの相談や依頼が多い。いつの間にか施設のおかかえ弁護士のようになっている。

仕事が切れることがないのでそれはそれでいい。もちろん他からも幅広く相談依頼はある。

所長の久我弁護士は、企業との顧問契約もあれば、法務部外部アドバイザーになっている企業もある。顔が広く、警察の上層部や検察にも知人が多い。

数年前までは刑事事件を中心に扱っていて、その界隈《かいわい》ではかなり名が知られていた。小さな案件、【ぽえっと】で担当したような嫌がらせの仲介などは受けている余裕はなかったらしい。

それが変わったのは、杏里がパラリーガルになってからだ……。

現在扱う事件は、刑事ではなく民事が主になっている。

ビルのエントランスから中央階段で二階へ上がる。エレベーターならすぐ事務所の前につくのだが、たかだか一階ぶんをエレベーターで上がるまでもない気がして、杏里はいつも階段を使う。

「杏梨ちゃん、今日も元気だねぇ。お疲れ様っ」

呼びかける声に足を止めてクリアパネルがはめこまれた階段の柵から下を覗くと、顔馴《かおな》染《じ》みのクリーンサービスの女性が手を振っていた。

「志麻《しま》さんもお疲れ様です」

杏梨も笑顔で手を振り返す。志麻とは、会えばこうして立ち止まって会話を交わす程度には親しい。

年齢は杏梨の母親と同じくらいか、もしかしたら祖母のほうに近いかもしれない。以前年を聞いたら「いくつに見える？」と合コンでもったいぶる女子のような返しをされてしまったので「失礼しました。女性は二十五歳から年を取りませんよね」と言っておいた。

それ以来、志麻は永遠の二十五歳である。二十歳のとき久我法律事務所に就職して知り合ったので、もう五年になる。気がつけば、杏梨も二十五歳になっていた。

このビルで働くクリーンサービスの人間は多い。行き会えば「お疲れ様です」と誰にでも声掛けくらいはするが、立ち止まって言葉を交わすのは志麻とその仲間たちくらい。

そこには、深く智琉が関係していた……。

「杏梨ちゃんが颯爽《さっそう》と階段をのぼってる姿を見るのは気持ちいいよ。ところで、智琉先生は事務所にいるの？」

「いるはずですよ。今日は午後から相談が何件か入っていたし」

「そうかー、じゃあチャンスはあるかなー」

「会えるといいですね。頑張ってください」

「杏梨ちゃんもねー」

「はい、仕事頑張りますっ」

おどけて小さなガッツポーズをしてみせ、階段をのぼっていく。

志麻は、智琉のファンである……。

志麻だけではない。彼女の仲間であるクリーンサービスの女性数名や、このオフィスビルに通勤する女性の中にも、智琉目当てで出勤時間を合わせたり二階フロアをうろうろしたりする者がいる。

杏梨のボスは、非常にモテるのだ。

（まあ……背は高いし……顔もいい、よね。うん、顔はいい。びっくりするほど顔はいい。顔に偏差値があるなら最高値。顔はいいよ。顔は）

しつこいくらい顔にこだわる。いいところを褒めようと思ったら、とにかく顔のことが先に出てきてしまう。

（顔は……いいのに……）

そのあとに、ため息が出るのだが……。

「あああ、杏梨さーんっ」

階段をのぼりきったところで慌てた声が耳に入る。顔を向けると廊下の向こうから小走りしてくる影があった。

ミディアムボブの毛先を揺らして走り寄ってきたのは、事務所唯一の事務員、増子《ますこ》美雪《みゆき》である。

一緒に仕事をはじめて一年。細かい仕事を地味にコツコツやり遂げる性格で、数字に強い。……というか少々細かい。

短大を卒業して地方銀行に就職したが、小さなことをコツコツと、が得意な彼女が融資部門に配属されたのは不運以外のなにものでもない。数字に強く細かいだけでは融資部門は務まらない。仕事の大部分は契約を取ること。彼女に融資勧誘スキルはなかった。結局続かず、一年前この事務所にやってきた。

事務員を採用することを智琉に勧めたのは杏里である。

美雪が来るまで、久我法律事務所には事務員がいなかった。驚くことに杏梨が入るまでパラリーガルもつけず、智琉は一人ですべてをこなしていたらしい。

なんという時間の無駄。事務仕事をする時間を本来の弁護士業務に回せば効率的なのに。

パラリーガルが一般的な事務もすべて担当する事務所もあるが、事務担当と分けたほうがさらに効率がいい。

人を雇えないわけじゃない。どうして雑務まで一人でやっていたのかを聞けば……。

「他人の手を借りて、間違ってはいないかと煩わしい思いをするくらいなら一人でやったほうがいい」

雇っている杏梨の前で言い放ってしまう。本音ではそう思っていても、人間関係を考えるなら口に出さなくてもいいことだ。それなのに言ってしまう。

久我智琉は、そういう男である。

なので、こうして美雪が慌てふためいて杏梨を呼びにくると、とっさになにかが起こったと悟ることができるのだ。

「美雪ちゃん、お客様は男性？　女性？」

「女性ですっ」

二人同時にダッシュする。杏梨が事務所のドアノブに手を伸ばしたとき、内側からドアが開き二人は一緒に後退した。

「もういいです、違う弁護士に頼みますから！　お金ならいくらでも出すって言ってるのに、このわからず屋！」

勢いよく出てきた女性は、杏梨を見ると吊《つ》り上がった眉をさらに吊り上げた。

「あなた、ここはやめなさい！　評判を聞いて来たのに、とんだ頑固者のわからず屋！　顔がいいのだけが取り柄よね！」

顔だけを褒め、女性は靴のヒールが折れそうな勢いでちょうど到着したエレベーターに乗りこんでいく。もしもエレベーターのドアが手動だったなら、力いっぱい叩《たた》きつけただろう。

杏梨はため息をつきながら【久我法律事務所】と銘板がついたドアを開けた。

「ただいま戻りました。今出て行った女性に『ここはやめなさい』って言われちゃいましたよ」

顔を上げると、応接セットが置かれた木製のパーテーションの向こうから智琉が出てくる。手に持っていた紙束をくるくると丸め、腕を組んで杏梨の前に立った。

「なんだ？　辞めるのか？」

「そんなわけないでしょうっ。相談客と間違えられたんですよ。すごい剣幕でしたよ。今回はなにを言ったんです？」

「常識」

「……先生の〝常識〟というか言葉の選択は、あまり世間に通じないのをご存知ですか？」

「存知ないな」

智琉は持っていた紙束を杏梨に渡し、自分のデスクへ足を進める。

「それを読めばわかる。相談者は夫に不貞を責められた。『それならあんたも浮気しておいでよ』と返したところ、夫が風俗に通いはじめたらしい。よく指名するお気に入りがいるらしく、その女性を浮気の相手として訴えたいと言ってきた。さて、藤沢さん、ここで質問だ」

デスクの前でくるりと振り返り、智琉は天板に後ろ手をつく。

「訴えは、成立する？」

「婚姻関係がすでに破綻していたと考えられるので、その時点でアウトの可能性が高いですが、風俗の具体的な内容は」

「本番行為を黙認する系。いわゆるソープだな」

「接触は店内だけですか」

「らしい。当然、いずれの際も対価は支払っている」

「恋愛感情は」

「夫がお気に入りにしていた嬢は店のナンバーワンだ。嬢にしてみれば、指名をくれて時間も守っておとなしく帰るありがたい客、くらいなものだろう」

質問をすれば間髪をいれず返ってくる。まるでその質問がくることを見越しているかのよう。そのぶん、杏里の判断も早い。

「聞いたかぎりでは成立しません。〝常識〟では」

「よろしい。それが〝常識〟だ」

智琉はデスクを回り椅子に腰を下ろすと、パソコンのモニターに目を向ける。

「だが、その常識を上回る事実があった場合、例外もありうる。聞き取り内容を読んだうえで、藤沢さんなりの見解があったなら教えてくれ」

「はい、わかりました」

杏梨は丸められていた紙束を伸ばし、小さく息を吐く。それは智琉が相談者から聞き取ったメモだった。

たとえ依頼が成立しなかった案件でも、智琉は杏梨にも意見を述べる機会を与えてくれる。

ここにいると勉強になるのと同時に、強面そのままに愛想がなくて少々毒舌だが、優秀な弁護士である智琉に認められているのかな……と、自惚《うぬぼ》れてしまうのだ。

ふと気づくと、美雪がまだ出入口でおそるおそるこちらを見守っている。相談者を怒らせたことで言い争いにでもなると思っているのだろうか。杏梨は苦笑いで手招きをする。

「大丈夫だよ、美雪ちゃん。先生もご機嫌が悪いわけじゃないし、わたしも怒ってないから。お土産あるから、おいで」

「ほ、本当ですか？　いきなり先生に殴りかかったりしません？」

「しません」

そんなに暴力的に見えるだろうか。いまだかつて、殴りかかったことはないはずだが。

「うちの先生に意見できるのって杏梨さんだけじゃないですか。どんな調教してるのかと思うと、殴るくらいしそうで」

彼女もなかなかに言いたいことを言う。コソコソと入ってきた美雪は杏梨の前に立って「てへっ」と笑う。

一四五センチ、小柄で顔もかわいらしい。小動物系の彼女が「てへっ」などとおどけると、どんな憎まれ口を叩かれても許したくなってしまう。

美雪といると、世の男性の大半が、ちんまりとしたかわいい女の子に弱いのが少しわかる気がするのである。

（このかわいげが……わたしにもあれば……）

ときに湧き上がる雑念を払い、杏梨はいただきものの焼き菓子が入った紙袋を掲げる。

「先生、岩井さんのところで焼き菓子をいただきました。お茶のお供に、とのことなのでひと休みしませんか」

「わぁっ、岩井さんのところのお菓子美味しいですよねぇっ。コーヒー淹《い》れますね。紅茶のほうがいいですか？」

お菓子でテンションが上がった美雪が紙袋を受け取ってご機嫌な声を出す。あとは智琉が飲み物のセレクションの決定を下すだけなのだが、彼はモニターを見たまままったく関係のない話題を出した。

「藤沢さん、引き抜きかけられたんだって？」

「は？」

「三食賄いつきだそうだな。好条件じゃないか」

「なぜ知ってるんです？」

「岩井さんに聞いた。電話がきて、焼き菓子のメニューを増やすから、またぜひいらしてくださいと言っていた。かなり気に入られているな、藤沢さん。他の弁護士からだけではなくカフェからも引き抜きがかかるとは。俺のパラリーガルは優秀すぎて困る」

聞く人によっては嫌味に聞こえそうだが、杏梨にはわかる。

本音だ。嫌味でもなんでもない。久我智琉は……。

（こういうことを素で言う人なんだよなぁっ！　毒舌さえなければなぁ！　顔はいいのに！　実に惜しいっ！）

わかっているぶん、杏梨も真正面からその言葉を受け取る。

「わたしは先生のパラリーガルです。先生が認めてくださっているんですから、優秀なのは当たり前じゃないですか。ここ以外で働く気なんてありませんよ。だいたい、わたしが優秀だって噂《うわさ》が立っているのも、先生の影響力があってこそです」

これは智琉を持ち上げたいわけでも自惚れでもなんでもない。事実だ。

弁護士として成果を挙げるたび、弁護士仲間や裁判所や検察庁の友人知人に「うちのパラリーガルが優秀すぎるおかげで、仕事が捗《はかど》る。案件の呑《の》みこみは早いし独自に考察もできる。書類の精査も取得も早くて完璧だ」と話すらしい。そこに「向かうところ敵なしと謳《うた》われる久我弁護士が褒め称えるパラリーガル」という尾ひれがつく。

智琉の役に立てているのなら、これ以上に嬉しいことはない。杏里自身、仕事ができている自信はある。彼に褒められることで自信はさらにやる気へと繋《つな》がっている。

ただ、智琉が外で褒めすぎるおかげで、たびたび引き抜きの話が舞いこむのである。

強気で辞めないと言いきる杏里の言葉を聞いて、わずかに……智琉の眉が動いた。

ゆっくりと立ち上がった彼は、デスクを回って杏梨の肩をポンッと叩き、美雪に声をかける。

「紅茶にしよう。ケーキを買ってくるから、少し待っているように」

「え？」

「先生？　いただきものがありますよ？」

キョトンとする美雪に代わって杏梨が口を出す。

「焼き菓子は日持ちがするだろう？　先日藤沢さんが目をつけた洋菓子店で買ってくるから待っていなさい」

「……よく……ご存知で……」

「自分のパラリーガルのことがわからなくてどうする」

智琉が事務所を出て行くと、廊下のほうから「せんせー、今日もお疲れ様ですー」というクリーンサービスの女性たちの妙に甲高い声が聞こえてくる。

上手くお目当てに会えて、仕事にも精が出ることだろう。

（目ざとい……）

先日、出廷資料をそろえるため一緒に調査に出た際、近くに新しい洋菓子店を見つけた。

目立たない場所ながら、窓のステンドグラスが綺麗《きれい》で目についたのだ。

　こっそり見ていたつもりだったが、智琉には気づかれていたらしい。

　口に出さなくても些細《ささい》なことに気づいてくれる。観察に長けているというのは、弁護士として素晴らしい資質なのだろう。

　ただ……智琉に様子を悟られると、なぜか懐かしい感覚が湧き上がってくるのだが……。もやもやとして摑《つか》みどころがなく、それがなんなのかよくわからない……。

「んっふっふー」

　意味ありげな笑いかたをしながら、美雪が杏梨の腕を叩く。

「仲良しですねー。ニヤニヤしちゃいます」

「仲良しって……。そう見える？」

「見えますよー。だってぇ、先生がケーキなんか買いに行ったの、杏梨さんが転職のお誘いを断ったからですよー」

　なぜか興奮している。美雪は嬉しそうに杏梨の腕を連打した。

「あれは冗談というか、お世辞のついでというか、先生だってわかってるよ」

「それでもっ、『わたしは先生のパラリーガルです』なんて言われたら嬉しいじゃないですか～。言いきっちゃう杏梨さん、かっこいいです～」

「そ、そう？」

「杏梨さんっ、引き抜きとか絶対に応じちゃ駄目ですからねっ。ずっと先生のパラリーガルでいてくださいねっ」

「うんまあ、それは……」

「もう、あたし、毎日推しカプに会えると思ったら仕事が楽しくて」

「は？」

「紅茶の用意しておきますねー」

散々自分の言いたいことを言い、美雪は焼き菓子の袋を持ってさっさと給湯室へ向かう。

一人取り残された杏梨は、少しだけスッキリしないものをかかえたまま自席に座った。

「……先生のパラリーガル、か……」

ポツリと呟《つぶや》き、まぶたをゆるめる。書類をデスクに置き、ほんの少し過去に思いを馳《は》せた。

――弁護士になんて、なりたくない……。

雨の中、喪服姿で泣いている、二十歳の杏梨。

それを見守る、智琉の姿――。

礼儀正しく、真面目で美人。長年パラリーガルを置かなかった久我弁護士が認めた逸材。

いつの間にやらそんな評価がついていた。

そんなことないですよ、と謙遜したいところだが、ボスたる智琉が「うちのパラリーガルは優秀だ」とサラッと口にする人なので、杏梨が謙遜すると智琉の言葉を否定していることになってしまう。

そんなことは、あってはいけない。

清く・正しく・美しく。久我法律事務所の評判を落とさないため、ひいては智琉の信頼に応えるため、杏梨は真面目に誠実に仕事をこなす。

そのせいか、大手の法律事務所や企業の法務部から転職の打診を受けることもあるのだ。

智琉もそれを知っている。特に牽制《けんせい》するような言葉がないのは、杏梨が自分を裏切るはずがないと信じてくれているからだ。……と思いたい。

ボスに信頼されて嬉しくないパラリーガルはいないだろう。杏梨だってそうだ。

引き抜きの話があっても忠実に智琉のもとで働く杏梨を見て、誰もが生真面目に輪をかけた生真面目な性格、さらに忠誠心の篤い人物だと思っている。

そのせいか智琉の弁護士仲間には「藤沢さんはキッチリしすぎている印象があるね。花瓶の位置がずれてるだけで怒りそうな感じ。自分の部屋でも、お菓子の食べカスが床に落ちた瞬間に血眼になって掃除しそう」などと言われる始末。

落ちた食べカスを血眼になって掃除する。血眼になって掃除したくなる部屋に住んでいるのだろうという意味にも取れる。

そんな杏梨は、築二十年の木造二階建てアパートに住んでいる。

智琉のもとで働くことになった二十歳のときに実家を出て、一人暮らしをはじめた。

そのアパートは一棟の一階と二階に四部屋ずつという造りだ。一階の一号室に住んでいる年配の女性が大家で、元気で世話好きな人だ。

杏梨の部屋は五号室。大家の真上の部屋である。他にも住人はいるものの、あまり関わりはない。ひと言ふた言言葉を交わすようになったと思えば、いつの間にか引っ越していなくなってしまうからだ。

住人の入れ替わりは結構頻繁にある。それはおそらく立地の不便さと建物の古さが原因だろう。

住宅街の端の端。最寄りの店といえば、歩いて十五分のところにあるコンビニのみ。ちょっと気の利いたスーパーに行こうと思ったら自転車を飛ばすかバスを利用、もしくは仕事帰りに買ってくるしかない。

２Ｋの部屋はバストイレが別なのが魅力だが、古いだけにインターフォンや防犯カメラの類はない。それでも最近、やっとドアの鍵がシリンダーキーからディンプルキーに変わった。

家賃の安さにつられて入居はするものの、建物の古さと生活の不便さ、また、女性ならばセキュリティ面の心配から長く住み続ける者はいない。

……いや、一人いる。

杏梨である。

「あれぇ、杏梨ちゃん、今帰りかい？　おかえりー」

仕事を終えてアパートに到着した杏梨に声がかかる。二階へ上がる外階段の前で立ち止まり顔を向けると、一号室のドアから大家が出てきて手招きをしていた。

「ただいまです。なにかありました？」

杏梨が深刻な顔をして駆け寄ると、アパートの大家、日向《ひゅうが》日出子《ひでこ》は「ん？」と耳を向ける。杏梨は改めて「なにかお困りごとですか？」と意識して大きめの声を出した。

「違う違う。もー、杏梨ちゃんはすぐ厄介ごとと繋げるんだから」

「違うならそれに越したことはありませんよ。でもなにかあったらすぐ言ってくださいね」

再び大きめの声で言うと、日出子は笑顔でぽんぽんと杏梨の腕を叩いた。

「いつもありがとうねー」

日出子は少々耳が遠い。外出のときなどは補聴器をつけているが、自宅では外していることのほうが多いので、アパートで日出子と話すときは大きめの声を出すよう心がけている。

古いアパートということもあって、住人が引っ越す際、ときどきトラブルが起こる。だいたいは古いからといって部屋の使いかたがぞんざいだった住人が、敷金が戻らないことに対してクレームをつけてくるパターンだ。

そればかりではないが、困りごとが起こったときには相談にのるようにしている。このあたりは法律事務所のパラリーガルとして、智琉にも了解をもらっている。

法的な問題となりそうな場合は、智琉に相談することにしているが、今のところそこまで大ごとになったことはない。

「てんぷら作ったんだよ。作りすぎちゃったから、少し持っていってくれる?」

「いいんですか?　ありがとうございます」

「ちょっと待ってて」

日出子はドアを開けたまま中へ入っていく。ひょこっと覗くと、玄関からすぐのところにある台所でてんぷらをお皿に盛っているのが見えた。

女性の一人暮らし。ときどき娘夫婦が孫を連れて遊びにきている。何度か入ったことはあるが、趣味のパッチワークで作られたクッションや小物入れなどが置かれていて、かわいらしい雰囲気の部屋だ。

(すごいよね……。どうやったらこんな片づいた部屋にできるんだろう……)

杏梨の思考は、かわいい部屋、でも、女性らしい部屋、でもなく〝片づいた部屋〟を基準に動く。

「はいどうぞ。ナスとカボチャとマイタケ。とり天とフキノトウもあるからね」

「ええっ、すごい、ご馳走《ちそう》じゃないですか。ありがとうございます！」

日出子から皿を受け取り、杏梨のテンションは上がる。皿にはまだあたたかい天ぷらがこんもりと盛られ、軽くラップがかけられていた。

「たくさん食べて、お仕事頑張ってね。杏梨ちゃんが元気にしてるのを見ると本当に嬉しいから。あっ、お皿は捨てていいやつだからね」

「はい」

てんぷらは使い捨てのアルミ皿に盛られている。洗う手間、返す手間をかけさせないという日出子の心遣いである。

洗う手間がいらないのは非常にありがたい。杏梨はお礼を繰り返し述べてドアを閉め、自分の部屋へ向かった。

智琉が買ってくれたケーキを食べていたおかげで、それほど空腹は感じていなかった。今夜はお腹がすいたら冷凍うどんでも電子レンジでチンして食べようか、くらいの気持ちでいたのだ。

てんぷらのいい香りが食欲を引っ張り出してくれたようで、チンするならパックご飯にしようと心に決めた。

日出子からはときどきこうしていただきものをする。いろいろな相談ごとにのっているお礼、というだけではなく、杏梨が五年間ずっとひと言の文句も言わず住み続けているから嬉しい、というのもあるらしい。

文句などあるものか。

今やここは、杏梨の〝お城〟なのである。

（わたし……絶対引っ越しなんかできないな……）

杏梨だって最初は、しばらく住むならここでもいいという気持ちで入居した。そのうち仕事にも慣れて資金を貯めたら、会社に近い場所、もしくは交通の便がいい場所に引っ越そう。

そのくらいの気持ちだったのだ。

しかし……住み続けるうちに、その気持ちは見事に消え失せた。

大家である日出子との関係が上手くいっているから、というのもあるし、他の住民に煩わされることがないというのもある。が、なんといっても一番の理由は……。

「たっだいまぁ」

浮かれた調子でドアを開け、しっかりと施錠する。ポイポイっと靴を脱いでショルダーバッグを肩から落とし、杏梨はそのまま倒れこんだ。

てんぷらが盛られたアルミ皿を両手で持ち、頭の上で死守しながら倒れこんだのは、大きなビーズクッションの上である。

玄関を入ってすぐの場所に置かれた、直径一三〇センチほどある円形のビーズクッション。座るもよし、寝転ぶもよし、倒れこむもよし。ふわふわもちもちの感触が人を堕落させる。

「あーーーーきもちぃーーーー、買ってよかったぁ」

杏梨も、例外ではない。

てんぷらを庇《かば》いつつ少しずつ身体を回転させる。あお向けになりながらお尻に重心をかけていくとビーズが移動し、自然と背中側が盛り上がってきて座椅子さながらの形になる。

実に優秀なビーズクッションである。購入して一週間ほどだが、この数年のうちで一番いい買い物をしたとさえ思っている。

ラップを少しはがして、隙間からとり天をつまみ出す。ひと口かじるとトリ肉の旨みがじゅわっと口の中に広がった。

「日出子さん天才～。もぉ、どうしてこんな美味しいものが作れるんだろう」

お世辞ではない。心からそう思っている。のろのろと立ち上がり、片手にてんぷらのアルミ皿を持ち、もう片方の手でビーズクッションを掴み部屋の奥へ進む。

あきらかに絨毯《じゅうたん》ではないものを踏み、引きずられたビーズクッションが上下に動いて障害物を乗り越える気配が伝わってくる。本棚はあるのに、その前に積み上げられた多種多様な本たち。ローテーブルを占拠するのは法律関係の本やノート、レポート用紙、……の上にのったノートパソコン。

部屋の奥に置かれたローソファの背もたれに引っかけたままのパジャマ。コインランドリーから持ち帰ったまま、ランドリーバッグからはみ出したタオル。ローソファの足もとに置きっぱなしの基礎化粧品とメイク道具……。

日出子の綺麗に片づいた部屋を見たあとは、自分の部屋が魔窟に見える。杏梨の部屋は〝綺麗に〟片づいてはいない。

自分では片づけているつもりなのだが、どう見ても片づいていない。なにがどうなっているんだろうと自分でもわからない。とにかく室内は〝雑〟だ。

花でも置けば潤いになるだろうかと花瓶を置いてみたこともあるが、気がつけば花は枯れているを通り越してドライフラワーのようになっている。手がかからないし丈夫だと聞いたサボテンでさえ枯らした。

片づけ下手で家事が不器用なのは昔から。それをひた隠し、真面目な見た目と性格でカバーする。それが杏梨である。

部屋はすっかり杏梨が過ごしやすく作り上げられている。たとえばローテーブルの上だって、普段頻繁に使うものがのせてあるだけだし、すぐ手に取れる場所にパジャマがあれば時短になるし、洗った衣類がバッグに入ったままならそこから着替えを取ればいい。手の届く範囲にメイク道具があるのも便利だ。

積み上がった本やダイレクトメールやカタログなどは、片づけようと思っているうちにそのままになってしまってはいるが特に不便はない。購入した袋に入ったまま部屋のあちこちに置きっぱなしになっている洋服や雑貨も然り、である。

つまりは、どんなに雑な部屋でも、杏梨にとっては使いやすく過ごしやすい。

この五年で、すっかり快適な〝お城〟になってしまっている。

間違っても「落ちた食べカスを血眼になって掃除する」部屋ではないが、引っ越すなんて、とんでもない……。

ローテーブルの空いている場所にアルミ皿を置き、ビーズクッションをローソファの前に据える。こうすると足を伸ばしてソファに座れるのだ。

ムチャクチャ気持ちいい。何度寝そうになったことか。なので朝はやらないことにしている。気を抜けば出社時間がすぎてしまう。

至福の空間に飛びこみたい誘惑に耐え、杏梨はひとまず台所へ向かう。

冷蔵庫を開いて、庫内を眺めながら腕を組む。てんぷらなら日本酒のぬる燗《かん》といきたいところだが、……そんな危険なことはできない。

……杏梨に、そんな高度な技は使えない……。

素直にウーロン茶のペットボトルを取り出す。マグカップに注いで戻そうとしたとき、改めて大事なことに気づいた。

　明日の朝食用の食パンを買ってくるのを忘れていた。

「……なに食べよう……」

　庫内にあるのは、缶ビール、缶カクテル、お茶、ミネラルウォーター、ペットボトル入りのブラックコーヒー、ジャム、プリン。

　冷凍庫を開ければ、アイス、冷凍うどん、冷凍パスタ、冷凍チャーハン、閉店間際のベーカリーで割引されていたものをたくさん買って冷凍庫に保存していたクロワッサンがひとつ……。

「よし、クロワッサンとプリンとコーヒー」

　速攻で決めて扉を閉める。冷蔵庫の上に置いたカゴからパックご飯をひとつ取り、パッケージを少し開けて電子レンジに入れた。

「よしっ、完璧っ」

　マグカップと塩とお皿を先にローテーブルへ持っていき、……全部はのらないのでマグカップ以外は床に置く。あたたまったご飯と箸を用意すれば夕食の準備は完了だ。

「日出子さんのおかげで豪華な夕飯になっちゃった」

　人によるが、杏梨が用意して食べると考えれば充分豪華だ。

　……杏梨は、料理が苦手だ。苦手というか、できない。できないというか、壊滅的に料理の神様と仲が悪い。

レシピを見ながらしっかり作ったつもりでも、成功したためしがない。杏梨自身、それがなぜだかわからない。

今では料理をすること自体を諦めている。下手にやろうとすれば台所が戦場のようになるのがわかっているからだ。

片づけ下手で料理下手。女子力の女神になにか悪いことをしただろうかと思わずにはいられない。

しかしながら、そこで損しているぶんを補うかのように仕事が順調なのでそれでいいと思っている。

目についたノートの上に熱くなったご飯のパックをそのまま置いて、箸でほぐしながら食べはじめる。全部は多いかと思ったが、てんぷらのおかげであっという間に完食してしまった。

「お腹いっぱい……」

ソファに座りビーズクッションに脚をのせて、贅沢《ぜいたく》なくらいのくつろぎ体勢である。お腹がいっぱいで身体を楽にしたらとたんに眠気まで襲ってきた。

……このまま寝られそうなほど心地いい。

いや、今寝るわけにはいかない。せめてメイクを落としてシャワーを浴びてからでなくては。翌日もシャキッと仕事に出るため、前日のメンテナンスは大切だ。清く・正しく・美しく。生真面目で実直な、久我智琉のパラリーガル。そのイメージを崩してはならない。

特に、智琉にだらしないと呆《あき》れられるのはいやだ……。

「よし、お風呂入ってこよう」

シャワーだけではなく、しっかり入浴しよう。心に決め、思いきって立ち上がる。満腹すぎてお腹が重い。

お湯が溜《た》まるまで時間がかかる。杏梨はバスタブの縁に腰を下ろし、満腹感をやわらげようと軽く天井を仰いで大きく息を吐く。

ぼんやりと宙に視線をさまよわせていると、蛇口から流れ出るお湯の音だけが脳に響いてくる。激しい雨にも似たその音は、杏梨に在りし日の出来事を思い起こさせた。

——盆を覆すような雨。

二十歳の杏梨が、喪服姿で泣いている。頬を濡《ぬ》らすのが涙なのか雨なのか、自分でもわからないくらいだった。

『弁護士になんて……なりたくない。——お父さんと同じ弁護士になんて、ならない！』

心が壊れそうだった。苦しくてつらくて、いっそ壊れてしまえば楽になるのにと、最悪なことまで考えた。

『お父さんは馬鹿だ。弁護士なのに……どうして悪いことをした人の味方をしたの？　それだから……それだから恨みを買った……！』

事件の詳細は知らない。傷害事件を起こした人間を弁護した父。正当防衛を立証し無罪を勝ち取ったものの、その後、被害者だった男に恨みを買い……。

刃物で刺され、落命した。

『お父さんの……馬鹿……ばかぁ……』

幼いころから父を尊敬していた。弁護士として活躍する父が誇りだった。父のようになりたい、その一心で、杏梨も弁護士を目指した。

国立大学の法学部に合格し、父と同じ道を歩むべく目標に向かって突き進んだ。担当教授に一目置かれるほどに成績は優秀で、二年生の秋には「来年、司法試験の予備試験を受けてみないか」と勧められるほどだった。

父もそれを喜んでくれた。「杏梨ならできる。でも、気を抜くなよ」と叱咤《しった》激励《げきれい》してくれたのだ。「杏梨はホント、お父さんに似て突っ走る子だよね」と、ちょっと呆れつつも、母も杏梨を見守って支えてくれた。

絶対に弁護士になる。父に、杏梨が自分の娘であることを誇ってもらえるような弁護士になるんだ。

――そんな矢先、父は、杏梨の目の前で刺されたのだ……。

葬儀に列席した人たちから、杏梨はお悔みより励ましを多く受けた。

――お父さんのぶんも、頑張って、いい弁護士になって。

――杏梨ちゃんなら、お父さんみたいな弁護士になれるよ。

父のような弁護士になれる。……数日前までの杏梨なら、笑顔で「はい！」と答えたかもしれない。

とてもではないが返事などできなかった。笑うこともできず、ただ息苦しさだけが蓄積して窒息してしまいそうだった。

葬儀後、杏梨は会食の席を抜け出し、会場の裏庭で一人たたずんでいた。父の面影が見える場所にいたくなかったのだ。

だけど本当は、父が弁護した男性とその娘が杏梨に会いたがっていると聞き、関わりたくないばかりに逃げ出したのである。会ったら心にないひどいことを言ってしまいそうだった。

悲しみより落ちこみがひどい杏梨を見つけて声をかけてきたのが、智琉だった。

『悲しそうっていうより……君は、苦しそうだ。目の前で、父親が刺されるのを見たんだって？』

智琉は平然と杏梨の目の前でそう言った。言えば衝撃的な場面を思いだしてしまうだろうと、誰もが気遣って口にしないことだった。

けれど、そうやって気遣われれば気遣われるほど、杏梨はつらかったのだ……。

『苦しいのは当然だ。けれどそれを言葉にも態度にも出さない。周囲を気遣っているんだろう。偉いな』

智琉の口調に、よけいな同情はない。苦しいだろうというのも、偉いというのも、本心から言ってくれているのだと伝わってきた。

それだから、涙が出たのだ。葬儀のあいだ、どうしても泣けなかったのに、智琉の言葉で張り詰めていたものがふっとゆるんだ。

泣きながら恨み言を口にする杏梨を、智琉はずっと見つめていた。心の中に溜まっていた言葉を吐き出せたのは、彼の感情を悟らせない表情のおかげだったのかもしれない。

相手の反応を窺《うかが》わなくてもよかったぶん、言いたいことが言えた。無表情なのに、なぜか、見つめる目は見守ってくれているように感じた。

弁護士にはならない。法学部も辞めたい。母にも言えなかった言葉が口から出続けた。

『藤沢杏梨さん、弁護士にならないのなら、俺のパラリーガルにならないか』

驚きの提案を受け、言葉を失う。

『君は大変優秀らしい。その知能を、どこかのつまらない一般企業で殺してしまうのはもったいない。弁護士にならなくたって、今まで身につけた知識を存分に役立てることはできる』

どこかのつまらない一般企業に失礼な物言いである。

それでも、智琉の口調に皮肉めいたものはなく、むしろ本心であるのが清々しい。

杏梨は少しおかしくなる。同時に気持ちが落ち着いてきた。

智琉には気を張って接する必要がない。本心を隠す必要がない。むしろ、隠そうとしたものを引っ張り出されてしまう。

不思議な安心感がある……。

智琉は、司法修習時代、父に指導を受けたことがあるらしい。弁護士になったあともつきあいが続いていたという。

『情に篤く正義感が強い、弁護士の手本のような人だった。藤沢弁護士を見習った者は多いだろう』

父を褒められて嬉しい。

職務に誠実な姿勢と篤すぎる情ゆえに非情な最期を迎え、そんな父を非難したとしても、やはり幼いころから尊敬し目標としてきた人を褒めてもらえるのは嬉しかった。

『久我さんも、父を尊敬してくださっていたんですか?』

嬉しいけれど大きな心配があった、彼も父を尊敬し父を見習おうとする人ならば、どうしても確認したいことがある。

『尊敬はしていた。今もしている』

『それなら、約束してほしいことがあります』

『なんだ？』

『悪いことをした人の味方を……、しないでください』

わずかに智琉の無表情が動いた気がした。

弁護士にとっては無茶な話だ。依頼人を選べというのだから。

我が儘《まま》な要求だ。

それでも、智琉は首を縦にゆっくりと振ってくれた。

『約束しよう』

たったひと言が、とても大きく心に響く。

その場限りの言い逃れではないと納得させてくれる誠実さを、彼から感じる。父親の事件で受けた傷が癒えれば言うことも変わるだろう。そんな打算も感じなかった。

智琉は都内に個人事務所を持っていた。

杏梨は大学を中退して智琉のパラリーガルとなることに決めたのである。

父の事件で大きく心を傷めたのは杏梨だけではない。もちろん母もだ。

杏梨が大学を辞めて働く決心をしたことを受けて、母は自分の両親や姉夫婦が住む他県へ行くことになった。もともと進路に関しては杏梨に任せていた母は、特に引き止めはしなかった。

ただ母は杏梨の不器用さを知っているので大いに心配したが、今までは母が至れり尽くせりなんでもやってくれたのでできなかっただけで、一人暮らしをして必要に迫られればできるようになる、と説得した。

さらに智琉が、熊でさえ正座をして聞きそうな厳粛な態度で、杏梨を責任持って雇うことを約束し、母を懐柔してくれたのだ。

『素晴らしい弁護士だった藤沢先生のお嬢さんをお預かりできることを、光栄に思います。きっと、大手事務所から引き抜きが絶えないほどのパラリーガルになってくれることでしょう』

父を褒められ、娘を評価されて、母は嬉し泣きをしながら智琉の手をしっかりと握ったのである——。

「あ……」

お尻の下から足下にかけて濡れているのに気づいて、杏梨は反射的に腰を浮かせる。考えごとをしていたせいでバスタブからお湯があふれてしまっていた。

「あーっ、やっちゃった」

蛇口を急いでひねり、お湯を止める。濡れたついでに浴室で服を脱ぎ、ドアの外に放ってそのまま入浴することにした。

「はぁー、きもちーぃ。眠気もトぶね」

バスタブに身体を沈め大きく息を吐く。一六〇センチの杏梨が少し膝を曲げて、やっと全身浸かる。広いとはいえないものの、不満に思ったことはない。

今の生活に満足しきっている。仕事は順調だし、愛想がなくて少々毒舌だが智琉は誠実で間違いのない人だし、美雪は杏梨にはない女の子らしい快活さがあって微笑ましい。

（先生は……アレだよ。あの言っちゃいけないことをさらっと言ってしまう性格をなんとかして、うっすらとでいいからいつも微笑んでいれば、もう爆裂にモテると思うんだよね。顔は国宝級にいいんだから。顔はいいんだよ。うん、顔は！）

正直にいえば、顔は好みだ。

いい男が好きだというわけではない。長いあいだ見ていても不快にならない顔が好みなのだと思う。

とはいえ、二十五年の人生の中で、顔が好みだなどと思ったのは父親と智琉くらい。おそらく、心底尊敬できる人の顔、を好みに感じているのだと思う。

それでも……。

（……先生が……爆裂モテたら……やだな……）

ふっと……そんなことを考えてしまう自分が、よくわからない。

考えるうちに鼻までお湯に沈みこんでしまっていた。ぷはぁっと慌てて顔を出す。

考えこむとそれに没頭してしまう性格は、いいような悪いような。

った。

「藤沢杏梨さんですか？」

呼びかけられて顔を上げたところにあったのは、ほどほどに整った見知らぬ男性の顔だった。

整ってはいるが、あまり好きではないと直感する。少々なれなれしい声のトーンがそう思わせたのかもしれない。

外出先での用事を終えて、昼食をとってから帰ろうと立ち寄ったカフェダイニング【べじかふぇ】。智琉がオーナーと知り合いらしく、よく食事券をくれるのでありがたく活用させてもらっている馴染みの店だ。

店名のとおり野菜のメニューが豊富で美味しい。普段の野菜不足を解消すべく、温野菜パスタ野菜増し増し、をたいらげコーヒーで一息ついているところに声をかけられた。

「あなたは？」

これが智琉なら「他人に本人確認をする前に自ら名乗るべきではないか？」とひと言ありそうだ。

そんなよけいなことは言わないが、大切な部分は智琉に倣う。杏梨は問いには答えず相手に名乗るように促した。

「失礼しました。僕、こういう者です」

相手はようやく名刺を出して杏梨の前へ滑らせた。

受け取らないまま名刺に視線を落とす。【人材エージェント　立木亮也《たちきかつや》】とある。

「人材派遣会社の方？」

名刺には社名がない。人材エージェントというのは、この立木という男の仕事そのものを表しているのだろう。

「はい。あの、藤沢杏梨さんで間違いはありませんよね」

相手も慎重だ。つまり、本人にしかできない話なのだと察することができる。

「そうですが、転職ならする気はありません」

ズバリと口にすると男が黙る。やっぱりそういう話かと、杏梨はバッグと伝票を持って立ち上がった。

「ごめんなさい。こういったお話はよくいただくので、すぐわかりました。でもその気はないので、ご承知おきください」

優秀な人材を確保したい企業から依頼を受け、ヘッドハンティングを請け負う。それはコンサルティング会社の人間であったり、人材派遣会社の人間であったり、ときどきこういったフリーの者もいる。

「お話だけでも……」

「今の仕事にも職場にもなんの不満もないので、転職のメリットがありません。わたしにとっては今の職場がベストなんです」

「でも、そうでしょうか」

しつこい。慣れた人間なら、ひとまずは引く場面だ。アタックを続けようと思うなら攻略案を練って再トライするのが得策ではないのか。

杏梨はそのまま立ち去ろうとしたが、立木はしつこく背後から声をかけてきた。

「〝あの〟藤沢弁護士のお嬢さんなら、もっと大きなところでご活躍できると思います」

足が止まる。「あの藤沢弁護士」。あの、に妙な力がこもっていた。褒め言葉のつもりなのか。父のことを知っていて、高く評価してくれているのかもしれない。

それでも、「もっと大きなところ」とは、久我法律事務所を馬鹿にされたような気がしていい気分ではない。

いや、気分が悪い。

「わたしのことをよくお調べになっているようですが、職場のこともよくお調べになってから発言されたほうがいいですよ」

ひと言残して立ち去る。今度は言葉が追ってくることはなかった。

久我法律事務所は個人事務所だし、パラリーガルも一人だし、事務員も一人だ。人員は少なく規模は小さいが、それでも智琉は仕事が早いし法廷では負け知らずだ。

まだ若いのにいったいいつどこで培ったのか不思議なくらい人脈がある。弁護士仲間はもちろんのこと、警察関係、検察官から裁判官、果ては反社関係にまで知人がいる。法律事務所というものは規模が大きくて人が多ければいいというものではない。……と、杏梨は思っている。

父だって個人事務所だった。

杏梨は智琉を本当に仕事ができる尊敬すべき弁護士だと思っているのだ。

（あの無愛想さえなければね……。顔はいいんだから）

しつこいくらいに顔は褒める杏梨なのである。

事務所に戻り、杏梨は改めて思い知らされる。

「藤沢さん。ヘッドハンティングされたんだって？」

自席でパソコンのモニターを見つめたまま智琉が口を開く。……この人は、本当にどこからそういう情報を仕入れているのだろう……。

「よく……ご存知ですね……。というか、毎度毎度、誰が教えてくれるんですか」

「今日は、【べじかふぇ】のマスターだな。会話は聞こえなかったが、藤沢さんが男を振りきって颯爽と歩いていったのがかっこよかったたって、褒めていた」

「振りきって……」

「別れ話で追いすがる男を一蹴する強い女みたいだったとも言っていた」

「あり得ないです。でも一蹴はしたと思います」

「条件はよくなかったのか？」

「そんなものは聞いていません。何度も言いますけど、先生のそば以外で働く気はありません」

キーボードを叩いていた智琉の手がふと止まる。「そうか」と呟くとおもむろに立ち上がった。

自席へ向かう杏梨のそばで立ち止まると、ポンッと肩を叩く。

「ケーキでも買ってくる」

「え？　ケーキ……、先生？」

「いってらっしゃぁい」

戸惑う杏梨のうしろで大歓迎の声をあげたのは美雪である。智琉はそのまま事務所を出て行ってしまった。

「ケーキ……」

「いいですね～、いいですね～、無表情で不器用な愛情表現、先生、グッジョブですっ」

唖然《あぜん》とする杏梨を置き去りに、美雪は一人盛り上がる。親指を立てたあとで両手を頬に持っていく彼女は、どことなく夢心地だ。

「そして、真意に気づかず迷走する杏梨さん。いいですね～、いいですね～。推しカプは今日も尊くて、あたしは幸せです」

「……たまに、美雪ちゃんの日本語がわからない」

「いいんです。杏梨さんは知らないままでいてください。それより、先生がケーキを買いに行った理由、今回もわからないですか？」

「え？　と……、以前食べたケーキが美味しかったから、とか？」

「それもありますね。あれは美味しかったです。……そうじゃありませんよ。杏梨さんがヘッドハンティングを断ってくれたからです」

それは、以前も聞いた理由ではないだろうか。

「前も聞いたとか言っちゃ駄目ですよ。とにかく先生はそれが嬉しいんです。上手く言葉で表せないからケーキに逃げるなんて、なんて不器用さんなんでしょうっ」

美雪は一人嬉々《きき》としている。不器用さん、というか、言わなくていいことは言うけど、相手が言ってほしいことは言わない、というのが智琉の本質な気がするので、不器用云々《うんぬん》は関係ないようにも思う。

だが美雪が一人盛り上がって楽しそうなので、言及はしないことにした。

（先生、喜んでくれてるんだよね……。やっぱり）

杏梨だってまったくわからないほど鈍くはない。そうなのかな、と頭を掠《かす》めはするのだが、そうだと思うのが恥ずかしいだけだ。

なんだか、自惚れているような気がして……。

「杏梨さん考えこんじゃってます？　やっぱり先生に惜しまれたら嬉しいなー、とか、思いますよね」

「ん……まぁ、っていうか、そのことじゃなくて、またケーキでお腹いっぱいになって夕飯が食べられなくなるなぁ、って」

「ええっ、もしかしてこのあいだ食べられなかったんですか？　駄目ですよ杏梨さん、女の子は、ご飯のお腹とケーキのお腹は別々なんですよ」

いや……同じだと思う……。杏梨は苦笑いをしつつ自席へ座り、ファイルを開いて仕事に入るポーズを作る。

美雪もお喋《しゃべ》りはここまでと悟って仕事に戻った。

ご飯のお腹とケーキのお腹は別々とは、美雪のような女の子が言っているならかわいらしい。自分が言ってもかわいげがあるかどうかはあやしいので、よけいにかわいらしく感じてしまう。

食べられないとは言ったものの、先日は日出子にもらった天ぷらに食欲が動かされた。別々のお腹があるというのも、あながち否定できないかもしれない。

食事とスイーツが別かと聞かれれば、疑問は残るところだが……。

まさか今回もタイミングよくいただきものをすることはないだろう。今夜はお腹がすいたら冷凍うどんにしようと決めた。


今夜は冷凍うどん……。

そんなことを考えていたのはつい数時間前だというのに。

冷凍うどんどころか冷蔵庫の飲み物も飲めないし、お気に入りの超特大ビーズクッションにもダイブできなくなってしまった。

なぜなら……。

――すべて燃えてしまっているだろうから……。


「なに……これ……」

呆然《ぼうぜん》とした声が出た。

仕事を終えて帰ってきたらアパートがない。

そこにあるのは、崩れ落ち、黒く変色したアパートの残骸だ。

本当に綺麗に焼け落ちている。「さすが築二十年の木造、よく燃える」……と、心で思っても口には出していないので、杏梨的にはセーフである。

帰宅途中、いやな臭いが鼻をついていた。焦げ臭さが混じった刺激臭で、どこかで薬物でも撒《ま》かれたのではと心配しながらハンカチで鼻を覆って歩いてきたのだ。

警察に通報したほうがよいのでは……。そう考えていた矢先に、自分が住むアパートの姿が見えないことに気づいた。

それどころか敷地は水浸しで、立ち入り禁止と書かれた黄色いテープが張りめぐらされている。消防隊員や警察官が動き回っていた。

刺激臭の出どころはここで間違いない。それなのに、杏梨は鼻を押さえるのも忘れて焼け落ちたアパートを見つめていた。

（え？　アパート、焼けたの？　火事？　わたしの部屋も、焼けちゃった……？）

目の前の状況から一目瞭然なのに、杏梨の思考はしつこく「？」を繰り返す。こんなの、認めがたい事実だ。

「すみません、住人の方ですか？」

呆然と焼け跡を見ていたせいだろう。男性が話しかけてきた。オレンジのラインが入った青い制服を着ている。同じく青い帽子のロゴから消防隊員であることがわかった。

「はい、二階の、五号室に住んでいました。藤沢です」

「五号室の藤沢さん……ああ、日向さんの真上だ。じゃあ、ここに、名前と携帯か勤め先の電話番号、連絡が取れるほうを書いてもらえますか？」

男性は手に持った黒のバインダーに挟んだ紙をめくり、ボールペンを添えて杏梨に差し出す。「後日、日向さんのほうから連絡がいくと思いますから」と言われ、急に心配になった。

「日出子さん……日向さんは、無事でしたか？　他の住人の方も……」

「そうですね、住人の方は全員仕事に出ていて留守だったので無事です。ただ、日向さんだけが火災現場にいたので、今病院のほうへ」

杏梨は驚いて顔を上げる。名前と連絡先を書いたバインダーを戻しながら質問をした。

「病院……？　怪我でも……」

「逃げ遅れて、煙に巻かれたんでしょうね。命に別状はないようです。ああ、ありがとうございます」

バインダーを受け取った男性が話を終わらせて立ち去ろうとするので、杏梨は日出子の無事に安堵《あんど》しながらも慌てて問いかける。

「すみません……！　あのっ、部屋のあたりに……なにか焼け残ったものがないか確認させてもらうことはできますか」

「そうですね……ちょっと今は入られないですけど、後日なら……。でも、藤沢さんのお部屋は……ちょっと無理じゃないかな」

「無理……とは」

「出火元が日向さんの部屋なので、五号室は真上ですし……」

男性はそれ以上を告げず、仕事に戻っていく。言わずともわかるだろうということなのだろう。

出火元の真上なら、すべて綺麗に燃えてしまっただろう。

（わたしの……部屋……）

五年かけて作り上げた、最高に過ごしやすい杏梨のお城が、なくなってしまった……。なにもかも燃えてしまった。すべて――。

「そんな馬鹿な話……ないよねぇ……」

――気がつけば、杏梨はフラッと入ったバーのカウンターでグラスを空けまくっていた。いつまでも火災現場で動いている人たちを眺めているわけにもいかず、その場から離れて歩きだしたのはいいが……。

どこへ行けばいいのか……。

アパートが管理会社の持ちものなら、仮住まいを用意してもらうこともできるが、残念ながら日出子は個人オーナーだった。

おまけにその日出子が入院中となれば対応は遅れる。いや、そんなことより日出子の容態はどうなのだろう。命に別状はないと言っていたが、詳しいことはよくわからなかった。

自分の心配もさることながら、日出子のことも気になる。考えこみながら歩いているうち、小さなバーに入り、引き続き考えることに集中しすぎて、手がどんどんアルコールを流しこんでいくのを制御できなかったのだ。

——そこまでは、覚えている……。

そこからは……記憶がない。

つまり、どうして智琉の部屋で目を覚ましたのか、わからない。

彼の説明によると、飲みすぎて潰れた杏梨を見つけて連れ帰ってくれたのだろう。バーは智琉の自宅の近くではないはずだが、たまたまその店に入ったなどという偶然があるだろうか。もしかして酔って電話でもしてしまったのか。そんなはずはないと思えども、なにしろ記憶がないから否定もできない。

（潰れるまで飲んじゃうとか……かっこワル……）

両手で頭をかかえたまま、杏梨はハアッと息を吐く。自分の息がアルコール臭い気がして、キュッと鼻にしわを寄せた。

（それも、ここに住め、とか。そういうことを簡単にアッサリと軽く言っちゃうんですね先生っ）

住め、と言ってもらえるのは助かる。杏梨のお城はなくなってしまったわけだし、住むところがなんとかなるまでホテル暮らしをするのも難しい。

母は他県へ行ってしまっているし、高校や大学の友だちだって、近くにいなかったり結婚していたり実家暮らしだったり恋人と同棲《どうせい》していたりで、気軽に転がりこむなんて絶対にできない状態だ。

行くところもなければ、すぐに頼れる人のアテもない。そんな杏梨に手を差し伸べてくれたのだ。久我智琉サマサマではないか。

(けどわたし……一応、女子、なんですけど……)

いくら上司とはいえ、おまけに「君になにかするほど困ってはいない」と釘《くぎ》を刺されたとはいえ、男性の家に住むのはいかがなものか……。

「ほら、飲め」

智琉の声でハッとする。同時に嗅覚が働き、この世のものとは思えないくらいいい香りが鼻孔を殴った。

「えっ⁉ すっごくいい匂いっ」

思わず声に出てしまったほどだ。見ると、智琉が丸盆にのせたお椀《わん》を杏梨に差し出している。お味噌汁《みそしる》だ。

「これ……」

「二日酔いには味噌汁だ。いい匂いだと思ったなら飲んでおけ」

「あ……でも、寝起きでまだ顔も洗ってないし……」

「君が目ヤニと涎《よだれ》でボロボロになっていようが俺は気にしない。入浴前なんだから腹になにか入れろ」

そこまでボロボロなら、かえって杏梨のほうが気にする。しかし嗅覚がお味噌汁を感知したとたんに空腹感が仕事をしだした。胃がきゅうっと締めつけられる感じがして、杏梨はお盆から味噌汁椀と箸を手に取る。

「いただきます」

「どうぞ」

なんだかおかしな気分になりつつ、味噌汁の香りにつられて口をつける。

――ひと口飲んだ瞬間……雷が落ちた。

「えっ……！　美味しっ！」

喉越しのよさ、体内にスーッと吸収されていく感じ、最高だ。お椀をかたむければかたむけただけ液体が流れこんでいく。あっという間に汁がなくなり、杏梨は具をかきこんだ。

「お代わりいるか？」

「いただきますっ」

考える前にお椀を差し出してしまった。――ふっと、智琉の口角が上がったような気がする……。

笑われてしまったのだろうか。お代わりを聞かれて即答なんて、遠慮もなにもあったものじゃない。図々しかったのでは。

「あ……すごく美味しくて、つい……。でも、本当に美味しいです。これ、どこの製品ですか？　具が大きいし、フリーズドライ？」

「俺が作った」

「そうなんですね……えええっ⁉」

返事をしたあとに驚いて智琉を見る。彼はその場で小鍋からお味噌汁をよそっていた。ロートアイアン調のなんともお洒落《しゃれ》なキッチンワゴンに鍋がのっている。智琉のイメージではないような気もするが、意外にこういった雰囲気のものが好みなのだろうか。

「飲んだあとにはシジミがよかったんだが、あの時間からでは調達できなかった。キノコで代用している」

味噌汁椀を渡され、杏梨は改めて食欲を刺激する料理を見つめる。しめじ、えのき、豆腐にわかめまで入っている。フリーズドライでもこんなに入っているものは見ない。贅沢すぎて感動すら覚える。

「キノコ、大好きですよ……。具がいっぱいで感動です。飲む、っていうより、食べるお味噌汁みたい」

一杯目は喉越しのよさと空腹感に負けてかっこんでしまったが、二杯目は箸で具をつま

み味わいながらいただく。美味しさは一杯目と変わらない。

「具は多めにしてある。どうせ昨夜からなにも食べていないだろう？」

「昨夜から？」

「バーで出たお通しくらいは食べたか？　それでも、すきっ腹にヤケ酒を入れれば、すぐに酒が回って潰れるのは当たり前だ」

「あっ……」

情けないが、今になって己の失態に気づいた。考えこむあまり、どんどんお酒が進んで、いつの間にか潰れていた。食事もせずにひたすら飲んでいたのだから、潰れて当然といえば当然だろう。

「すみません……」

杏梨はシュンっと肩を落とす。

「自分の不注意だったのに。潰れたわたしをここまで連れてきてくれた先生に、失礼なことを言ってしまって……」

「女性の反応としては普通だろう。記憶が飛んでいるのに見知らぬ場所で目が覚めてそばに男がいれば、最初に貞操の心配をする。むしろ、しないとおかしい」

「すみません……疑って」

智琉が酔い潰れた女性をお持ち帰りしてどうにかするような人間ではないことは、杏梨ならよくわかっているはずではないか。とっさに出てしまったとはいえ、智琉はいやな気分になったのではないか。

「気にするな。君に自分の貞操を心配する女性らしい面もあるんだとわかって、ちょっと安心した」

「そ、そうですか……」

（普段女性らしくなくて、すみませんねっ）

　せっかく恐縮したというのに。……智琉はひと言多い。

「そういえば先生、どうしてバーにいたんですか？　たまたまですか？」

「藤沢さんが住んでいたアパートの大家の娘さんという人が事務所に電話をくれた。アパートが火事になったと聞いて、心配で電話したのだが連絡がつかないので捜した。現場で聞き取りをしていた消防の人が藤沢さんを覚えていて『ふらふら歩いていったから心配だ』と言っていた。あとは周辺で『ふらふら歩いている二十代半ばの女性を見なかったか』と聞いて回った。すぐに見つかった」

「そ……そうですか」

　そんなにふらふらしていただろうか。考えこみながら歩いていたのは間違いない。スマホは鞄《かばん》の中だったたし、着信に気がつけなかったようだ。

「味噌汁、冷めるぞ。つぎ直すか？」

「いいえ、大丈夫です」

食べている途中だった。杏梨は急いで味噌汁椀に口をつける。再び美味しい味噌汁の感動に満たされた。

「すっごく好みの味です。なんか懐かしい味で涙が出そう。……お母さんのお味噌汁に似てるような……」

そうだ、母親が作ってくれた味噌汁の味に似ているのかもしれない。毎日食べていたころは、ただ「美味しい」としか感じていなかったが、こうして久しぶりに思いだすと、信じられないくらい美味しい。

「そうか。それなら毎日作ってやるから、毎日食え」

「あっ……その件、ですが……」

やはりここに住まわせてもらうのは……まずいと思うのだが……。

「部屋代をよこせとか、光熱費を一部出せとか、そんなケチくさいことは言わないし、食事の用意だの掃除だのをやれとも言わない。ひとまず落ち着くまでもここに住め。繰り返すが、君に手を出すほど困っていない」

「お世話になりますっ。先生っ」

杏梨はキリッと表情を改めて智琉を見る。部屋代や光熱費の一部はもちろん払ってもいい。だがなんといっても食事の用意や掃除をしなくてもＯＫなのは、非常に魅力的である。

「でも、なにかできることがあったら、やりますね」

「わかった。期待しないでおこう」

（そこは、期待してる、って言いません⁉）

家事関係を期待されても困るのが本音ながら、置いてもらうからには一応やる気を見せたものの、無駄だった。

智琉は思いだしたように「そうだ」と呟くとウォークインクローゼットのほうへ歩いていく。中に入りがさがさと漁ると、出てきて杏梨の傍らに洋服らしきものを置いた。

「すべて燃えてしまって不便だろう。ひとまずこれを着て。他にもあるから、適当に着ていい。メイク道具もクローゼットの中にある。好きに使え」

「え……？　はい……」

「俺は食事の用意をしているから。湯もいい感じに溜まっているはずだ。入ってこい」

「はい……、ありがとうございます……」

智琉はワゴンを押して寝室を出て行く。杏梨は目をぱちくりとさせながら、そのうしろ姿を見つめていた。

すごく普通に、すごく不自然な話をされたような気がする……。

味噌汁椀と箸をベッドサイドテーブルに置き、智琉が渡してくれた洋服を広げてみる。春らしいミントグリーンのニットワンピースだ。色だけでもかわいらしくて、似合うかどうかが不安になる。

（どうして……こんなワンピースが……ここに……）

おまけに、メイク道具まであると言っていなかったか。

「え……と……」

人差し指でこめかみをカリカリ掻《か》いて、このなにかおかしい状況を考えようとする。

……が、考えたくない自分が邪魔をして、杏梨は洋服を持ってベッドから出た。

「……あとでいいことは、あとで考えよう」

――こうして杏梨は、智琉のマンションで生活をすることになったのである。

第二章　冷静沈着物静か（だと思っていた）弁護士

「うぁぁぁあっ、どうしたんですかぁ、杏梨さんっ」

……その反応は……ちょっと予想していた。

「かわいいです、かわいいですっ。春ですね、春らしいですよっ」

美雪はウキウキとした調子で杏梨の周りをくるくる回る。仔犬《こいぬ》が絡んできているようでかわいいが、その理由が困りものだ。

出勤してきた美雪は、杏梨を見つけた瞬間、大はしゃぎで詰め寄ってきたのである。

無理もないのだ。いつもはパンツスーツ着用でクール系を決めている杏梨が、ミントグリーンのニットワンピースで事務所にいたとなれば、美雪が驚かないわけがない。

おまけにクローゼットの中にあったメイク道具がさわったこともない海外ブランドばかりで、ひかえめにはしたものの明らかにいつもとメイクの雰囲気も違う。派手にはなっていないと思うが……多分。

……同じ反応を、志麻をはじめとするクリーンサービスの女性たちにもやられてしまうのだろうかと思うと……照れくさい……。

「春っ」

美雪は自分の言葉にハッとする。口の横に手をあてて背伸びをしてきたので、杏梨から耳を近づけた。

「杏梨さん、春が来たんですかっ」

いかにも内緒話をしたそうな動作だったので耳を近づけたというのに。美雪の声はいつもどおりで、むしろ興奮気味で少々大きい。

「世間一般的に春だが？」

美雪のはしゃぎっぷりにつきあってくれたのは智琉である。デスクで見ていた書類から顔を上げた雇用主に、美雪はすかさず背筋を伸ばし敬礼をする。

「おはようございます！　先生っ！」

「おはよう、今朝は特別元気だね。なにかいいことでもあった？」

「はい！　杏梨さんがかわいいです！」

「藤沢さん？　……ああ……どっか抜けているところを隠そうとクールぶっているところはかわいいかな」

（せんせいっ！　それ、褒めてないですっ！！！）

杏里は心の中で盛大なツッコミを入れるが、美雪はなぜか盛り上がる。

「そうですよね～、かわいいですよねぇ。今日の杏梨さん、すっごくかわいいですよ。さすが先生、わかってるっ！」

（いや、美雪ちゃん！　かわいいの意味が違ってるから！）

顔には出さず、心で叫ぶ。その顔を美雪が覗きこんだ。

「今日はメイクも違いますよね。このピンクパールが入ったツヤツヤふっくらルージュ、一昨年のクリスマスコフレで流行ったやつじゃないですか？　限定品で、あたし買えなかったから覚えてますよ～。ワンピースはヴァルラティのキャリアスタイルシリーズですね。さすが杏梨さん〝かわいい系バリキャリ〟って感じで、バッチリですっ！」

美雪は満面の笑顔、いや、感情の昂《たか》ぶりが抑えられないといった興奮状態で親指を立てる。ここまで喜ばれると、杏梨も言葉を失う。

恐ろしいまでの観察眼だ。杏梨はワンピースのタグを見て国産高級ブランドだとわかったというのに、色と質感で口紅まで当ててしまうとは。

……それとも、これが女性として普通、なのだろうか……。

「今日はお洒落さんですね～。仕事が終わったらデートだったりして。杏梨さんに春が来たのかな、なんて思っちゃうとウキウキします。……あ、でも、事と次第によっては寝こみそうです……」

ニコニコ顔が一転、不安そうに智琉と杏梨を交互に見た。

ちょっとだけ……美雪の情緒が心配になる杏梨である……。

「せっかくウキウキしているところを申し訳ないが、藤沢さんが彼女らしくない服装をしているのは火事で焼け出されて着るものがなくなったせいだし、仕事が終わってからの行き先はデートではなく、ファストファッションの店が建ち並ぶ界隈だろう」

杏梨が言いにくいことを、サラッと智琉が口にしてしまう。不安そうだった顔はみるみるうちに驚きに変わった。

「火事！　火事って！　大変じゃないですか！　どうしていつもどおりの顔してるんですか！　大丈夫ですか？　怪我は⁉」

美雪は杏梨の両腕を摑んで揺する。火事に遭ったことを初めて心配してもらった。智琉には酔い潰れたことを注意されただけだったし、心配させたくなくて母にも連絡は入れていない。

「大丈夫。アパートで火事に遭ったわけじゃなくて、帰ったらすでに燃えたあとだったんだよね。びっくりしたけど、なにかあったわけじゃないし」

「でも、燃えちゃったんですよね。昨日はどこで寝たんですか？　ホテルとか……」

「ああ、それなんだが……」

口を挟もうとした智琉の気配に、杏梨の危険信号が激しく点滅する。

「俺の……」

「友だち！　友だちのところにお世話になったの！　この服もそこで借りたんだけど、わたしなんかに似合うか不安だったから美雪ちゃんに褒められて嬉しい！　ありがとー」

智琉の声をかき消す勢いでトーンを上げ、美雪の両手を握って上下に振る。喜びを分かち合う動作が嬉しかったらしく、美雪もニコニコと繋いだ両手を左右に揺らしてきた。

「似合いますよー、さいこーですっ。これからはこのラインでいきましょうよー」

「えーでもぉ、このブランドお高いしー」

美雪につきあって砕けた口調になってみる。似合うかが不安だったので、褒めてもらえたのは素直に嬉しい。

それにしても焦った。「俺の……」と言いかけた智琉は、間違いなく「俺のマンションに、しばらく置くことになった」と言おうとしたに違いないのだ。

家事をしなくてもいいというのとお味噌汁につられて智琉のマンションに厄介になることを決めてしまったが、智琉も杏梨も独身であることを考えれば公言はしないほうがいい。

こんなに顔のいい男性と同居だなんて、いらない疑いを持たれるだけ。なにより智琉に申し訳ない。

(先生には……そういう関係の女性がいるのかもしれないし……)

一人暮らしのはずの智琉の部屋に、なぜか女性ものの洋服がある。おまけにメイク道具まで。ウォークインクローゼットの片隅にまとめて置いてあったということは、普段は使わないからそこにしまってあるということ。

言いかたを変えれば、ときどきは使うから、取り出しやすい場所に収納してあるということではないのか。

恋人、ではないにしても、大人の関係にある相手がいる可能性はある。そう強く思ってしまう原因は智琉のあのセリフだ。

――君になにかするほど困ってはいない。

考えてみれば、これだけの男前だ。おまけに独身で弁護士。どんなに毒舌でもモテないはずがないし……そういった関係の相手がいたって不思議じゃない。

(顔はいいからね……)

ちくん……と、針の先で悪戯をされたようなかすかな痛みが胸に走る。

いつもと同じことを思っただけなのに……。

「お喋りしたいのはわかるが、そろそろコーヒーがほしい」

鶴の一声。美雪はパッと手を離し「了解いたしました」と張りきって給湯室へ飛んでいった。

時計を見れば始業時間ピッタリだ。仕事への誘導は実にスマートである。

パワハラ案件などでよく問題になる、高圧的な上司、という部類には絶対に入らない人だ。智琉にとっての部下、というか従業員は杏梨と美雪だけだが、理不尽な要求や叱責は受けたことがない。

毒舌で言わなくてもいいようなことまで口にしてしまうところはあっても、間違ったことは決して言わない。

だがひとつ、口止めしておきたいことがある。

「藤沢さん」

呼びかけられて、杏梨はこれ幸いと智琉の前に進み出る。デスクの前に立ち身を乗り出して、彼が話しだす前に口を開いた。

「先生、わたしが先生のところに居候することは……人様に言わないほうがいいと思います」

一応声を潜める。慎重になる杏梨に、智琉はサラッと言い渡した。

「言うつもりはないが？」

「ですが、先程……」

「俺の知人の家でしばらく面倒をみてもらうことになった……と言おうとした。早合点した誰かさんに邪魔をされたが」

「知人……」

「そうすれば、一緒に出勤してきたところを目撃されても気まずいことはない。火事に遭ったパラリーガルを気遣い、迎えにいって一緒に出勤している、ということにしておけばよかったのでは？」

「そう言われてみると……そう、ですね」

とすると先程、焦って智琉を止めたのは間違いだったのか。今日は一緒に出勤してきた。電車で行きますと言い張る杏梨に「俺の車で行けば到着するまで座っていられる」と、通勤ラッシュの電車を避けられる魔法の言葉をかけてきたのだ。

おそらくこれからも一緒に出勤することになるのだろうし、見つかったときのためになにか言い訳を考えておかなくてはならない。

（美雪ちゃん……意外にこういうことに鼻が利きそうだしな……）

いっそ美雪には、しばらく居候させてもらうことになったと言ってしまったほうがいいのではないのだろうか。

「隠すのも面倒だし、増子さんには言ってもいいんじゃないかとも思うが……」

智琉も同じことを思っているようだ。だが彼は視線を横に流してなにかを考え……。

「やっぱりやめておこう。驚きのあまり心臓が止まるかもしれない」

「そっ、そこまで驚きますかっ？」

立場としては居候だ。同居とか同棲とか、ドキッとするニュアンスはない。それでも男性の家にお世話になるという事実で心臓が止まるほど驚かれるなんて、いったいどれだけ自分は異性問題と無縁だと思われているのだろう。

……実際、無縁なのだが……。

「ところで、今日の仕事なんだが……」

唐突に仕事の話に移る。就業時間に入っているのだから当然だ。杏梨は軽く喉の調子を整えて背筋を伸ばした。

「藤沢さんの急ぎは？」

「急ぎというほどではありませんが、期日調書と公正証書の文案作成ですね。あとは、午後に裁判所の担当者と期日調整の打ち合わせがあります。先生の他の出廷日が重なったら大変ですから」

「藤沢さんに期日調整を任せるようになってから、同日の出廷に間に合わせるために秒単位で移動しなくてすむようになった。感謝しているよ」

「光栄です。先生には、常にベストな状態で弁護にあたっていただきたいので」

智琉は杏梨を見たままゆっくりと首を縦に振る。彼が心から納得したときの仕草。これを見ると気持ちが引き締まって喜びが満ちる。役に立てているのが実感できるからだ。

「では、手を出しなさい」

「手……ですか？」

なにかと思いつつ、杏梨は右手を差し出す。天を向いていた手の甲をひっくり返され、手のひらに白い封筒がのせられた。

「火事見舞いだ。公正証書は俺がやっておくから、午前中は買い物に行ってくるといい」

「火事見舞いって……」

「洋服もだが、女性としてそろえておかなくてはならないものもあるだろう。全部燃えてしまったのだから新しくするしかない。それには資金がいる。スーツの二着も買ったら消える金額だが、ないよりマシだ。もらっておけ」

杏梨は封筒を両手で持ってジッと見つめる。ペラペラではない感触がある。スーツ二着で消える金額なら、なんとなく予想はつく。

以前美雪の母親が指を骨折した際も彼はお見舞いを渡していた。事務所の経費ではなく智琉の懐から出してくれたらしい。

あのときは熨斗《のし》袋に入っていたが、渡されたのは普通の白封筒だ。おそらく杏梨に気づかれないように用意をしたかったものの、昨夜からずっと近くにいるので熨斗にまで手が回らなかったに違いない。

（え？　先生、いい人すぎません？　この慈愛、毒舌と足して二で割りましょうよ！）

「ありがとうございます、ありがたく頂戴いたします。ですが仕事を抜けて買い物というわけにも」

「半休にすればいい。今行っておかないと、終業後、俺に周辺の店に引っ張り回されることになる。どうする？」

杏梨は口をへの字に曲げたあと、軽く噴き出してしまった。改めて、シャンッと背筋を伸ばす。

「ありがとうございます。お言葉に甘えます。わたし、買い物は早いほうなのでチャッチャとすませて戻ってきますね」

「女性の買い物はなかなか決まらないと聞いたが？」

「わたし、決断が早いんです。ご存知でしょう？」

「ご存知だ」

智琉の返事を聞いて唇の両端が上がった。彼になにかを認めてもらえるのはとても気分がいい。

弁護士になるという志を捨てて、大学も辞めて、ふたつ返事で智琉のもとで働くことを承知した。なかなか決められることではない。その決断の早さを、のちに彼が褒めてくれたことがある。

『君が下した決断を、尊重しよう。その決意に後悔がない仕事をさせてやる』

そして智琉は、しっかりとその約束を守ってくれている。

「コーヒーでーす。杏梨さん、お疲れならお砂糖入れます？　はちみつもありますよ。あたし、最近練乳入れるのにこってて……、え？　あっ、ごめんなさいっ、なんか深刻なお話ししてましたっ？」

給湯室から戻ってきた美雪が場の空気を一気に明るくする。しかし顔を向けた二人の雰囲気を見てなにかを察し、一気に盛り下がった。

今にも後退して出て行きそうな美雪に近寄り、杏梨は笑ってトレイから自分のマグカップを取る。

「大丈夫、話は終わったから。わたし、これからちょっと出てくるね。なに？　練乳入れたら美味しい？」

「美味しいですよー。なんていうか、甘いミルクコーヒーみたいになりますっ」

そのままである。

智琉も杏梨もコーヒーはブラック派だ。それでもトレイにはスティックシュガーとスタンディング容器に入ったはちみつが置かれている。

（事務所にはちみつなんて置いてたっけ？）

もしかしてはちみつ入りコーヒーを勧めるために、美雪がわざわざ持ってきたのではないだろうか。杏梨はトレイにマグカップを戻すと、代わりにはちみつの容器を取り上げた。

「はちみつ入れてみようかな。ハニーラテとかあるくらいだし」

「あっ、それ、コーヒー専門店で出しているはちみつなんです。癖がなくてすっごく美味しいんですよ。おススメです」

当たりである。

「アッサリ甘い、くらいってどの程度入れたらいいかな。美雪ちゃん、お願いしてもいい？」

「もちろんですよっ。杏梨さん好みに仕上げてみせます」

ふんすと意気込み、美雪は杏梨の席にトレイを置く。……その前に……、と智琉のコーヒーカップを持っていった。

「頼みかた、上手いな。相手に〝使われている〟と意識させない、実にいい言い回しだ」

智琉の呟きにドキッとする。「自分でやれ」と言われてもおかしくない場面だ。引き攣《つ》りそうな口元を制御しつつ、杏梨は智琉に顔を向ける。

「美雪ちゃんの入れ方を見て加減がわかったら、先生のコーヒーにも入れてさしあげましょうか。わたしがっ」

「……いや、結構。はちみつの味しかしないコーヒーにされそうだ」

警戒したのか、智琉は早々にカップを手に取る。グサッと胸に突き刺さる、というより、的を射た意見すぎてドキリとしかしない。

美雪に頼んだのだって、杏梨が自分でやればとんでもないことになりそうだと感じたからだ。

コーヒーにはちみつを入れればいいだけ。……と侮ってはいけない。

はちみつというものは、種類やメーカーによって甘さが微妙に違う。美雪が持参したはちみつがどれほどの甘さであるか杏梨は知らないし、だいいち、コーヒーにはちみつなど入れたことがない。

このくらいかな、いやもう少し、もうちょっとかな、などと迷っているうちにマグカップからコーヒーがあふれ、カップの下には溶け残ったはちみつが沈殿しているのが目に見えている。

そんな馬鹿なと笑われそうだが……杏梨なら……確実にやりうる。その自信がある。

（先生……わたしが家事能力に乏しいこと……知ってる……？　いや、そんなはずはないと思うんだけど……）

智琉の前で家事能力が試される場面はなかった……はずだ。宴会やパーティーでだって、メニューを取り分けるだのお酌をするだの、一切したことがないのだから。

（というか、先生ってなんでも自分でひょいひょいやっちゃうし、やる必要がないというか……）

「杏梨さーん、こんな感じでどうですか？」

美雪のかわいい高音で考えは中断される。どのくらい入れたかを見逃してしまった。悔やみつつ美雪に合わせて高音で「はーい」と返事をすると、わずかに智琉が噴き出した気配がする。

……普段やらない〝かわいい〟の真似をしただけに、ちょっと恥ずかしい……。

複合商業施設というのは便利なものである。

必要な買い物が、施設内でほぼできてしまった。

のは、いいのだが……。

「よい……っしょ、おりゃっ」

小さく掛け声を発しながら紙袋もろもろを小さな空間に押しこむ。コインロッカーの利用証明書をバッグに入れて、中央階段を目指しエントランスに出た。

言ったとおりササッと早くすませはしたが、結構な荷物になってしまった。いかにも、ショッピングしてきました、と言わんばかりの大きなショップ袋を事務所に持ちこむわけにもいかない。

これで明日からはいつもの自分に戻れる。ありがたくも久我所長様に賜った火事見舞いのおかげである。スーツは二着どころか三着新調してしまった。

……三着買っても……お釣りがきた……。

(なにが、二着買ったらなくなる、よぉ！　十着以上買えるって‼)

半休をもらい買い物に出る前、パウダールームへ寄った。封筒からお金を出しながら買い物をするのも気がひけるので、お財布に移そうと思ったのだ。

ペラペラではない手ごたえがあったので、商品券でも一緒に入っているのかと軽い気持ちでいたのだが……。

(先生のスーツは……六ケタなんだ……。そうだよね、背も高いし、いい体格してるし、生地もいいし、オーダーメイドだよね。だから『二着』って言ったんだ)

そう思って気持ちを落ち着かせる。気前のよすぎる久我所長様に感謝はすれど、本当にこれはもらってもよかったのかと少々迷う。

事務所に戻ったら、肩のひとつも揉《も》んだほうがいいだろうか……。

「あれえ⁉　杏梨ちゃん⁉」

階段の手前で呼びかけられ、足が止まる。顔を向けるまもなく志麻が杏梨の前に回りこんできた。

「あ、志麻さん、お疲れ様で……す」

志麻は眉を寄せて首を上下に動かしながら杏梨を眺めている。……おそらく、珍しい服装をしていると思っているのだろう。

買い物途中で会った、ときどき智琉目当てで法律相談にやってくるショップの女性店長も驚いていた。あっちこっちで驚かせてしまって申し訳ない。明日は間違いなくいつもの藤沢杏梨に戻るからと、固く心に誓う。

「そうかー、やっぱりねぇ。アタシの読みに間違いはなかったね」

志麻は両腕を組んで胸を張る。その様子も口調も、どこか誇らしげだ。腕を組んだまま顔を近づけ、声を潜めた。

「見合いなんだろ？　今日かい？」

「はい？」

「そうかい、やっぱりねぇ」

「いやいや、その『はい』ではなくて」

「でもアレだねぇ、先生はなにも言ってないのかい？」

「なにも言ってないもなにも……」

「なにも言わないのは問題だよ。杏梨ちゃんの一大事に」

「だからっ、お見合いなんかじゃないですよ」

志麻はキョトンとして目をしばたたかせる。かと思えば気まずそうに笑いながら杏梨の腕を叩いた。

「なんだ、違うの？　ごめんね～、てっきりそうだと思った」

「すみません……紛らわしい格好してるからですよね……」

「違うの違うの。杏梨ちゃんのこと聞かれたから、てっきり身元調査かなんかかと思っちゃって」

「わたしのことって、誰にですか？」

「若い男の子。スーツ姿だったけど、ここのビルじゃ見たことがない顔だね。『久我法律事務所の藤沢杏梨さんをご存知ですか』って。『どんなお嬢さんですか』とか『皆さんの評判はどうでしょう』とか聞いてくるから、これは見合い相手が事前に相手のことを調べるアレだなと思ってね。杏梨ちゃんのことべた褒めしておいた」

「なんでしょうね……いったい」

身辺を探られるようなことはなにもないはず。可能性があるとすれば、昨日の火事がらみで警察が住人の身辺を洗う必要があると判断した、くらいしか思いつかない。

「そしたら杏梨ちゃんがそんなかわいい格好して現れたから、これは今日見合いで間違いないと思っちゃった。早とちりでごめんなさいね」

「いいえ。今朝から結構勘違いされてるんで。大丈夫です」

「でも本当に今日の杏梨ちゃんは美人さんだよ。いつも美人さんだけど、今日はもっと美人さんだ」

「あはは、ありがとうございます。ちょっと事情がありまして。明日からはいつもどおりになりますので」

照れくささ半分の笑いが出る。こんなに褒められたら、むしろなにも特別なことがないのが申し訳ない。

「もったいない。毎日こんな感じでお洒落しておいでよ。若いんだから。先生も褒めてたんじゃないの?」

「先生ですか?　いえ、別に」

「かわいいとか、綺麗とか、色っぽいとか」

「ないですね」

志麻は顔全体で「えー?」と言わんばかりに不満を表現する。そんな表情をされても、服装に関して一切言及がなかったのだから仕方がない。

……それだからよけいに、似合っていないのではないかと不安だった……。

「それより、今日は先生に会えました?」

「今日はまだだね〜。もし会えたら、もっと杏梨ちゃんを褒めてあげてくれって言っておくよ」

「充分褒めてもらってますよ」

「仕事で?」

「もちろん」

「色気ないねぇ」

笑って志麻と別れ、中央階段をのぼっていく。のぼりきったところの廊下の向こうで美雪がキョロキョロと左右を見回しているのが目に入った。

「あっ、杏梨さーん」

杏梨を見つけ、早くと言わんばかりに手を上げる。この仕草を見て自然と眉をひそめてしまうのは、またなにかあったのかと勘繰ってしまうからだ。

(今日は相談の予約は入ってなかったはずだけど。飛びこみかな)

間に合ってくれと願いつつ速足で事務所に近づくと、ドアからひょこっと顔を出した女性がいる。

「あっ」

歩調がスピードダウンする。顔を出したのは【ぽえっと】の岩井由佳里だったのだ。

「こんにちは、杏梨さん。待ちきれなくて会いにきてしまいました」

由佳里は杏梨の前に立ち両手を握ってくる。いつもながら落ち着きがあって物言いが優しい。杏梨より五つ年上だが、五年経ったら自分もこんなふうに落ち着きのある女性になれるだろうかと考えてしまう。

(……無理かな)

自分でその答えがわかってしまうのが切ないところだ。

「岩井さん、お店は？」

この時間ならランチタイムで忙しいはずだ。人ごとながら、そう思うと杏梨のほうがソワソワしてくる。

「今日はお休みにしたんです。私が杏梨さんに会いにいきたいって言ったら、主人が『じゃあ店は休みにしようか』って」

　由佳里にやけに好かれているのはなんとなく自覚しているが、いくらなんでもそんな理由で？　とびっくりしてしまう。智琉に会いたくて仕事を放り出したというのなら、数例あるのでわかるのだが。

「今度はお客としてコーヒーを飲みにくるって言ってたんだろう？　行かないから、岩井さんのほうからいらっしゃった。毎日大盛況のランチタイムがある平日を休んでまで藤沢さんに会いにくるのは、そこまでする価値があると思ってくれているということだ。感謝するんだな」

　口を出したのは智琉である。ドアストッパーよろしく開いたドアに寄りかかり、腕を組み無表情で言いたいことを言う。

　腕組みをしてドアに寄りかかるなど、どこの雑誌のグラビアだと思うほどイケメンなのに……言うことがイケてない。

　すると、由佳里がふふっと笑って種明かしをした。

「冗談です。新作のスイーツを試していただこうと思って持ってきただけです。主人が病院に行くので、お店は夕方までお休みにしたんです。夜はやってますよ」

「ご主人、どこか具合でも？」

「昨日、配達中にうしろから追突されてしまって……。ちょっと首が痛いというので念のために」

「え？　大変じゃないですか。追突した人は？」

「逃げちゃったんです。一応、警察には届けています」

「卑怯《ひきょう》だなぁ。絶対泣き寝入りしちゃ駄目ですよ。犯人がわかって少しでも揉めそうだったら必ずご連絡くださいね。うちの久我が駆けつけます」

その件で相談したいのもあったのだろうか。事故では揉めることも多い。

声に力をこめ、握られていた手を握り返す。一瞬目を大きくした由佳里だったが、すぐにふっと微笑んだ。

「……杏梨さんが……弁護士さんだったらよかったのに……」

ふいに……力を入れていた手が、ゆるんだ気がする。頭に靄《もや》がかかった感覚に襲われ、なにかを形作りそうになったとき……。

「藤沢さんの人気で、俺の仕事がどんどん増えるな」

軽い咳払《せきばら》いのあとで発した智琉の声で、パッと靄がかき消された。ぼんやりしたのを悟られたくなくて、杏梨は流れのままに由佳里の手を放し智琉に顔を向ける。

「わたしは久我智琉のパラリーガルだからこそ、人気なんです。それだけ、先生が優秀だってことですから。わたしがついていくって決めた先生ですからね。最高の弁護士なのは当たり前なんです」

きっぱりと言いきる。由佳里が「まぁ」と感心し、美雪が両手を握り締めて「きゃぁぁぁぁ」と今にも倒れそうな顔で歓喜しているというのに、称賛された智琉本人は無表情でドアに寄りかかったままだ。

「ご期待に沿えるようにしよう」

「よろしく」

それでもゆっくりと首を縦に振ってくれたので、杏梨も笑顔になる。続けて智琉は由佳里に声をかけた。

「というわけです。いつでもお声がけください、岩井さん」

「はい、ありがとうございます。心強いです。本当に素敵なお二人で、感動です」

胸の前で両手を握り合わせて感動を表したあと、由佳里は腕時計に目を走らせる。

「では、そろそろ失礼いたします。杏梨さんにお会いできてよかった。そうそう、新メニューの焼き菓子の感想を聞かせてくださいね」

「ありがとうございます。ぜひそうさせていただきます」

張りきって答えてから、杏梨は「あっ」と思いついて言葉を足した。

「今度こそ、コーヒー飲みにいきますねっ。ぜったいっ」

「お待ちしています」

クスリと笑い、由佳里は智琉に会釈をして廊下を歩いていく。階段の手前で振り返り、もう一度笑顔で会釈をしていった。

「岩井さんの奥さんって、なんかこう、ほわっとした雰囲気でかわいいですよね」

ニコニコする美雪に近づき、杏梨はサラッと返す。

「美雪ちゃんもほわほわしててかわいいよ」

「やだぁ、もうっ、杏梨さんってばっ」

両手で顔を押さえて左右に頭を振る。その様子を智琉がジッと見ていた。

（表情は動かないけど、かわいいとか思ってるのかな。実際、かわいいしなぁ……。わたしもアレができたら、かわいいとか思ってもらえるのかな……）

なんとなく口には出せないことを考えてしまったような気がして、一人気恥ずかしくなる。

そんな思考を打ち払おうと、杏梨は智琉に近づいた。

「先生、お願いがあります」

「ん？」

真剣な顔で智琉を見つめ、両手を顔の高さまで上げて指を動かす。

「肩、揉ませてください」

「……なぜ？」

妙な雰囲気の二人の横で、美雪だけが「ひゃぁぁぁぁっ、動画撮っていいですか〜！」

と盛り上がっていた。

賑《にぎ》やかな大通りからほどよく離れた閑静な街並み。ここに、智琉が住む高級レジデンスがある。

五年、彼のもとで働いているが、住んでいる場所に足を踏み入れたのはバーからお持ち帰りをされたときが初めてだった。

ハイクオリティなマンションで一人暮らしをする独身貴族。そんなイメージを、強く智琉に持っていた。

もちろん住んでいるところはハイクオリティだった。一人暮らしなのに3LDKで、リビングダイニングは二十畳の広さ。杏梨が寝ていた智琉のベッドルームは十畳あって、杏梨はその隣にある約八畳の部屋を与えられた。

この他に、六畳ほどの書斎があるらしい。

そんなファミリー向けの間取りを目の当たりにして、杏梨が持っていた智琉のイメージが崩れかかっている……。

智琉は、本当にずっと一人暮らしを謳歌《おうか》する独身貴族だったのだろうか。

「……これでよしっと」

クローゼットの扉を閉め、ホッと息を吐く。その足元には切り落とされた商品タグが散乱していた。

（よし、なんとか身は切らないですんだ。すごい、よくやった、わたし！）

心の中で自画自賛。新しい洋服などを買って、しつけ糸や商品タグを切る際、布地まで切ってしまうのはよくあること……毎回のようにあることなので、今回一着もそれをやらなかったのは称賛に値するといったところだ。

「わたしだって、やればできるんだから。お母さんに自慢しちゃおうかな」

ふふんっと自慢げになるものの、その案は即却下される。母に自慢の電話なんかした日には、「一気に洋服を買うなんて珍しい。下着泥棒にでも遭った？」と追及されるのがオチである。

ふうっと息を吐き、室内を見回す。

少ない衣類をかけるのは申し訳ないくらいの広いクローゼットに、ベッドはもちろんローボードや扉つきのお洒落な収納棚、仕事もできそうなテーブルセット、極めつけはほわほわのビーズクッションまで置かれている。

友だちや家族が来たとき用の部屋……だとしても、いろいろそろいすぎていて〝誰かが使っていた部屋〟と言われるのが一番しっくりくる。

（一緒に住んでた彼女が使ってたとか……）

考えられる可能性の中では、それが最適解ではないだろうか。

そうだとすれば、女性ものの服やメイク道具があったことも説明できる。

……ちくん……と、なにかが胸を刺す。

(あれだけ顔がよけりゃ、同棲の経験くらいあったって……)

……ちく、ちくん……と心臓のあたりに刺激がある。それが胸骨内部で広がって、なんだか息苦しい。

(これって……)

焦りが湧き上がる。

この反応は、もしや……。

(わたし、なんかの病気？　ちゃんと栄養摂ってないから!?)

病院へ行ったほうがいいだろうか。いや、栄養不足ならサプリでも飲んで解消できるかも。ここはひとつ日本人なら誰でも知っている滋養成分が濃縮されたお酒を買って健康管理を……。

「荷物は片づいたか？」

「はいぃっ！」

悶々《もんもん》と考えこんでいたところに智琉の声が入りこむ。開けっ放しだったドアをコンコンと叩かれて、身体が跳ね上がった。

身を縮めながら振り向くと、智琉がドアを叩いた手をそのまま止めてキョトンとした顔をしている。

……普段無表情な人だけに、少しでも表情筋が動いているのを見るとお得感が湧き上がってしまうのは、いいのか悪いのか。

「なにか考えごとをしていたのか。すまないな」

「い、いえ、そんな、すみません、こちらこそっ」

「藤沢さんは考えごとに没頭すると自分の世界に入ってしまうから、いきなり呼び戻したら驚きすぎて心臓が止まるんじゃないかと心配になる」

「と、止まりはしないと思いますが……」

ふと、智琉の視線が杏梨の足元にいっていることに気づく。商品タグが散乱しているからだと気づくより先に、智琉は片腕にかかえ持っていた大量の布をベッドの上に落とし、サッとかがんでそれらを手でかき集めた。

「こういうものは、ゴミ箱の近くで切ればすぐ捨てられて散乱しない」

「すみません……」

慌てて杏梨もかがんで手を出そうとするが、すでに智琉がすべて拾い終えていた。

「藤沢さんは……商品タグになにか怨みでもあるのか？」

「どうしてですか？」

は？」

「紐《ひも》……何箇所も切っている。こういうものは一箇所だけ切って引き抜けばいいので

　商品タグを下げている糸やセキュラーピンを、二回三回と切って外していた。一箇所だけ切って抜こうとして、切り口を布地に引っかけて引き攣らせることがある。それを防止するために数箇所切るのが癖になっていた。

「そう、ですね……。なんか、ちょっと考えごとしながら切っていたら何箇所も切っていました」

「いつの間にか切っていた、なんて、リストカットの言い訳みたいだ」

「リっ……」

　なんというたとえをしてくれるのだろう。しかし苦し紛れの言い訳は通用したらしく、智琉は手にまとめたタグの残骸を持って立ち上がりゴミ箱へ向かう。

　見れば智琉は、クレリックシャツにスラックスというラフなのか外出用なのか杏梨には判断がつかない格好をしている。

（さすが……、いい男はプライベートも気を抜かないんですね、先生っ！）

　口に出して褒めようかと思うものの、これが智琉の普通ならば「この程度で褒めるのはお世辞か？　まさか本気か？」と眉をひそめられそうだ。

　いつもと違う智琉を見られたことにお得感を得つつ、彼が無造作に置いた布の山に目を

向ける。

「先生、これは?」

「ああ、向こうのウォークインクローゼットの中にあった衣類だ。藤沢さんのサイズに合いそうだから持ってきた。好みに合うものがあったら使うといい」

「えっ! でも……」

「まったくの未使用品だから安心していい。ああ、今着てるものもそうだ。ただ、下着類はないから買い足したほうがいい。ストッキングくらいなら少しあったか。買い足すとなると、渡した火事見舞いだけじゃ足りないな。いっそカードごと渡すから、足りるだけ買ってくるといい」

「ストップっ、ストップ、せんせいっ!」

杏梨は必死に止めに入る。なぜ止めると言わんばかりの智琉の前に両手を出して息をきらせた。

「あ、あのですね……いただいたぶんで充分ですし、だいいち、まだ余ってますし、ご心配いただいた下着類も少し買ってありますし、足りないものは休みの日にでも買いにいってきますから」

「余った? またファストファッションのレディーススーツとやらですませたのか」

「……事務所周辺施設の、それなりのお店で買ったので……いつもの倍のお値段でした

「……」

「それで余るのか？」

「先生みたいに、六ケタのスーツは着ませんのでっ」

ちょっとムキになってしまった。智琉がかすかに笑ったように見えて、ドキッとする。

「とりあえず仕事には困らない程度の買い物ができたみたいだから、安心した。商品タグを見たところ、普段着は買えていないだろう？　遠慮しないで、その中から目についたものを着るといい。もう少しあるんだが、藤沢さんに似合いそうなものを選んだらそれだけになった」

「え……？」

「着ている服も、似合いそうだと思ったから渡した。とてもよく似合っている。俺のセンスも捨てたものじゃないなと悦に入ったほどだ」

「……似合って……ますか？」

「似合っている。藤沢さんは色白だし、綺麗めの淡い色が似合うだろうと思った。とても、かわいい」

とんでもないセリフをさらっと吐いて、智琉はドアに向かう。

「ハンバーグが焼けるころだ。楽な服に着替えたらおいで。夕食にしよう」

「は、はい」

返事をして、部屋から出て行く智琉を見送る。開けっ放しのドアから彼の姿が消えても杏梨は固まったまま動けなかった。

なぜだろう。心臓がバクバクいっている。顔も熱い気がする。

かわいい、なんて言葉を、まさか智琉の口から聞けるとは。それも、杏梨に向かって言った言葉だ。

杏梨は震える手で高鳴る心臓を押さえる。手のひらに強い鼓動が伝わってくる。間違いない、この心拍数の速さは間違いなく……。

(不整脈……⁉　ヤバッ、わたし、本当に身体にガタがきてるのかも！　どうせできないって諦めて不摂生の極みだったし！)

本当に病院に行こうか。そんなことを考えていると、嗅いだだけで涎があふれ出そうなハンバーグの香りが漂ってきた。

ベッドの上で山になった衣類に目を移し、スカートとカットソーを引っ張り出す。Vネックのスプリングカットソーとデニムの二段フレアスカート。嫌いじゃない組み合わせだ。おまけに智琉が杏梨に似合うと思って選んでくれたもの。

考えていると顔が熱くなってくる。

「……熱、あるのかな……」

なんだかわからない想いに囚われつつ、ハンバーグの香りに急かされるように着替えをはじめた。

「先生は……魔法使いなんですか……？」

我ながら、陳腐なことを言ってしまった。

「……じゃあ、三角帽子でもかぶってマントを羽織って、ヘンな笑いかたしながらスープの鍋でもかき混ぜてみるか」

智琉も智琉で、少しでも笑顔で言ってくれたなら「なに言ってるんですか」と笑えるのに、至極真面目な顔で言われては笑うに笑えない。

陳腐な質問と笑えない冗談。いい勝負だ。

せめてもの思いで苦笑いに留める杏梨だが、テーブルの上を見れば「魔法使いなんですか？」と聞きたくもなる。

六人は座れそうなダイニングテーブル。シワひとつ、ヨレひとつないランチョンマットの上には本日の夕食がのっている。

本日のメインは、ふっくらした見た目だけで「これが美味しくないはずがない！」と確信できるハンバーグ。おまけにトロトロのチーズつき。

つけあわせのサラダは、レタス、きゅうり、トマト。ポテトサラダはお店で出される、アイスのような半球型だ。

スープカップにはオニオンスープ。皿に盛られたご飯。ワイングラスの中で気泡を放っているのは炭酸水なのに、配膳のビジュアルが完璧すぎてシャンパンに見えてくる。

おまけにカトラリーは箸ではない。ナイフとフォークにスープスプーンだ。

このグルメ雑誌に出てきそうな料理を作り、盛りつけ、セッティングをしたのが智琉なのだ。

（おまけにムチャクチャ美味しい。なんなの、なんなの、今すぐお嫁さんにいけますよ、せんせいっ）

一口食べるたびに涙が出る。味つけが好みすぎて、これは夢なのかと思う。

魔法使いですかと言葉が出てしまったのは、完璧な食卓を見せられたから、という理由だけではない。

「だって先生、これだけのもの、あっという間に作っちゃったじゃないですか。魔法かと思いますよ」

当然のように、帰りも智琉の車で一緒に帰ってきた。杏梨は電車で帰るつもりだったのだが、買い物したものはどこに置いたと智琉に問われて素直にコインロッカーに預けてきたと答えたところ、利用証明書を持っていかれ、さっさと荷物を車に積まれてしまっていた。

『まさか、あの大量の荷物をぶら下げて、他の乗客に邪魔だとひんしゅくを買いながら電車で帰ろうとしていたわけじゃないだろうな』

……乗ろうと、していた……。

マンションに戻ってきて、服をクローゼットにしまうという大作業に入った。タグに苦戦を強いられはしたが、ショップの袋がかさばるだけで数はそれほどでもない。

それを終えたときに智琉が呼びにきたので、だいたい三十分少々で彼は夕食を用意したことになる。

「別に驚くことじゃない。ハンバーグもスープも、作り置きで冷凍してあったものを焼いたりあたためたりしただけだ。白飯はタイマーをセットしてあったし、一から用意したのはサラダくらいだ」

「ポテトサラダは……」

「昨日作ったものが冷蔵庫にあったので、それを使った」

「ポテトサラダもお手製ですか……。すごい」

「別にすごくはない」

「ポテトサラダを軽視しないでください。美味しいけど意外に手間がかかるって母が言ってました」

「母？　藤沢さんは作らないのか？」

「作り……ません」

作れませんから。心でそう追加し、ハンバーグを口に運ぶ。口の中でじゅわっと広がる肉汁、それに絡むチーズが堪らない。

（美味しい……何回でも言うけど美味しい……。感動……）

じっくり噛《か》み締めていると、智琉がジッとこちらを見ている。もしや、美味しいかどうかが気になるのだろうか。実家で暮らしていたころは、黙って食べていると母に「美味しい？」と聞かれたものだ。

料理を作る人は、美味しいかどうかが気になるものに違いない。智琉も例外ではないのだろう。

「あの……！　先生、すっごく美味しいです！　もぅ、信じられないほど美味しいです！というか、これを先生が作ったなんて信じられないほど美味しいです！」

とにかく美味しい、を強調したかったばかりに、ひと言多かった。

己の失言を悔やむものの、智琉はまったく気にしていない様子で杏梨を眺める。

「それはわかる。藤沢さんを見ていたら、ひと口ひと口幸せそうな顔をしながら食べてくれるからすごくわかる。見ていて飽きない」

そんなことを言わせてしまうほど、面白い顔をしながら食べていたのだろうか……。ひと口ごとに幸せを噛み締めていたし、知らないうちに百面相をしていたに違いない。

智琉はまだ杏梨を眺めている。……非常に、食べにくい……。

「……先生、あまり百面相をしないように気をつけますので……見てなくて大丈夫です。先生もお食事を続けてください」

「気にするな。見ながら食べるから」

「わたしが食べづらいですっ」

「そうか、それなら見ないようにする」

アッサリと引き下がってしまった。なんだかんだと粘るのではないかと予想しただけに、ちょっと拍子抜けだ。

目をそらした智琉が食事を再開したので、杏梨もナイフとフォークを動かす。美味しさに表情が動きそうになるのを意識して抑えるものの、なんだか美味しいと言いたいのを無理やり我慢している気分だ。

「たまには見てもいいか？」

「え？」

顔を上げると、また智琉が杏梨を見ている。

「美味しそうに食べてくれるのは見ていて嬉しいから。たまには見てもいいか？」

「嬉しい……？」

智琉が嬉しいと言ってくれるなんて。そんなことを言われたら杏梨だって嬉しくなってしまう。

「は、はい！　いくらでも見てください！　わたしも頑張って美味しさを表現しますから！」

「別に頑張らなくてもいい」

「頑張らなくても美味しいから、自然に出ちゃうと思います」

笑顔で答えると、智琉がふっと微笑む。

「それでいい」

……その、どことなく嬉しそうな表情に、少し、見惚《みと》れた……。

（不整脈……治まれ……）

鼓動が速い。どうしてだろう。ここでお世話になることで生活レベルが上がる。それに身体がついていっていないのだろうか。不摂生のツケがきているのだろうか。

杏梨は皿に赤い彩りを添えるトマトをフォークで刺し、口に運ぶ。切って盛られただけの野菜までもが特別美味しく感じる。

（先生といたら、食事も規則正しくなりそうだし。そうしたらきっと、この謎の体調不良も治るよ、うん）

いささかお気楽に考えつつ、杏梨がにこぉっと笑顔を見せると、かすかに笑んだ智琉がゆっくり首を縦に振る。

なぜか……不整脈が加速した……。

智琉のもとで生活をはじめた杏梨だったが、燃えたアパートのことが気になって仕方がなかった。

日出子のことも気になる。どのくらい入院するのだろうか。あとから連絡があるだろうと言われたが、その気配はない。

日出子が火事を出したなんて、信じられない。耳が遠いぶん、充分注意を払っていた。もう少し待っても音沙汰がなかったら、こちらから連絡を取る方法を考えてみようと結論づけた。

智琉のマンションに来て十日、杏梨の生活はガラッと変わった。

毎日、一日三食をしっかりとらされ、よく片づいた衛生的な部屋で過ごす。実に人間らしい生活をしている。

思えば、実家を出てからというもの、こんな規則正しい生活をするのは初めてではないだろうか。実家にいたころは母が生活全般を整えてくれていたので、杏梨も言われたとおりにしていれば快適で不自由はなかった。

あのころに戻った気分だ……。

「タオルは使ったら洗面台に放置しない。昨日も言った。……カフェオレの甘みは足りているか？　トーストはバターを沁《し》みこませてある。なにをかける？　メープル？　ジャムにするか？　ああっ、ほら、カフェオレのスプーンでスープを飲まないっ」

いや……。

母は、ここまでうるさくなかった……。

先に朝食を食べ終えた智琉は、身支度をしながら杏梨に給仕してくれる。そして同時に朝に使用した洗面台やキッチンを綺麗に整えてしまうのだ。

（本当に……今すぐお嫁さんにいけますよ……。先生）

とりあえずバタートーストをかじる。焼き加減も最高。ことごとく杏梨の食の好みをついてくる。

目の前に瓶が置かれた。ブルーベリージャムだ。

「前に、ブルーベリーのジャムが好きだって言っていただろう」

「あ……、このあいだ……」

一昨日、朝食に今朝のようなバタートーストを出されたとき、「ジャムならブルーベリーとか好きです」と言った。それで用意してくれたのだろう。

（そういえばお母さんも、なんとなく「食べたい」って言ったことを覚えて、それを用意してくれたっけ）

お母さんみたい説・再浮上。

「嬉しいです〜。それもこれ、お高いやつじゃないですか。わー、ひと瓶食べちゃいそう」

両手で瓶を持ってラベルを眺める。内容量のわりに高価で、自分ではまず買わない。

「食べてもいいが。そのせいで太った、とか、あとになってから言いがかりをつけるなよ?」

「そんなこと言いませんよぉ。……でもですねぇっ」

智琉の言葉を笑い飛ばした杏梨だったが、ジャムの瓶を置きながら立ち上がった。

ネクタイを結んでいた手を止め、智琉がなにごとかと顔を向ける。杏梨は渋い顔で両頬を指でつついてみせた。

「太った気は……します」

「なぜ」

「先生のご飯が美味しくて……三食キッチリ食べちゃうから……」

「しかし、間違いなく一週間前より肌艶がいい。化粧のノリもいいだろう?」

「それは……はい」

「よいことでは?」

「そうですね……はい」

「食事のバランスもいいはずだ。よく眠れるだろう？」

「すごく……」

おまけにベッドも寝具もとても心地がいい。この一週間で、寝過ごしそうになったことが二度もあった。

睡眠の質がいい。おまけに肌の調子もいい。髪までツヤツヤだ。……これはおそらく、智琉が用意してくれたはちみつ成分配合の洗い流さないトリートメントを毎日使っているおかげだと思う。

さりげなく生活しやすい環境を整えてくれる、このありがたさ。それも当然のように。

（完全に、お母さんじゃない⁉）

ありがたい。ありがたい……のだが……。

体重が増えるのは、あまりありありがたくない……。

「そんなに気になるか？」

智琉が寄ってきて杏梨の横に立つ。いきなり身体が浮いて、脳が固まった。

「藤沢さんの身長なら、このくらいが適正じゃないのか？　まったく重くない」

「はわっ」

我に返って動揺のあまり意味不明の声が出る。この状況をどう理解したものか。杏梨は今、智琉にお姫様抱っこをされている。

（はぃぃ？　なに？　なに？　なにこれぇぇっ）

　思考がぐるぐる回る。杏梨の重さを確かめるための行為だというのは察しがついているのに、頭は〝なぜ先生はこんな行動に出たのか〟を深く考えようとしている。

「渡した服も余裕で着こなしている。今日のカラーブラウスは春らしくていいな。リボンタイも似合う。こんな感じのワードローブを買い足したらどうだ？」

　ストンと椅子に戻される。背筋を伸ばして固まったままの杏梨を意に介さず、智琉はネクタイを直してダイニングチェアの背にかけていたウエストコートに袖を通した。

「書斎にいるから。時間までに用意をするように。食器くらいは下げておいてもいいけど、それ以上はしなくていい」

　杏梨の返事を待たず、智琉はリビングを出て行く。彼の姿が消えたドアをしばらく眺め、やっと口が動いた。

「……びっくりしたぁ……」

　膝の裏と背中に、まだ智琉の腕の感触が残っている。一瞬寄りかかってしまったときに感じた彼の胸の硬さのせいで、左の上腕が固まったままだ。

　お姫様抱っこをされてしまったことにも驚いたが、服装を褒められたことにも驚く。褒められたのは初めてではないにしても、やはり普段の彼からは想像ができない。

　そっと胸元に手をあて、ブラウスのリボンタイを握る。薄いピンクのカラーブラウス。

タイの先にはクラシカルな縁取りの刺繍《ししゅう》があって、かわいらしさの中に上品さを添えてくれる。

自分の柄ではないような気もしたが、智琉が杏梨に似合うだろうと考えて渡してくれた衣類の中に入っていたと思うと、袖を通してみようという気持ちになれた。

「……いいなって……言われた……」

それよりなにより、不整脈がひどい。

（心臓止まったら、先生のせいだ）

太ったかなと思うくらい健康的な生活をしているというのに、この身体はまだ慣れてくれない。相変わらず、ときどき不整脈が発生する。

なんとなく思ったまま呟き。心が問う。

「……先生の、せいだ……」

――――どうして、先生のせいなの？

考えようとすると頭が真っ白になる。杏梨はブルーベリージャムの蓋を開けてスプーンでトーストの端に置くと、大きく口を開けてかぶりついた。

（やっぱり美味しい）

初めて食べる商品や料理は、自分の好みか、世間の評価はよくても本当に美味しいのか、杏梨は疑ってかかるタイプだ。特に最初の一口は注意深くなる。

けれど、智琉が作ってくれたものや出してくれたものにはそんな気持ちにならない。必ず美味しい。必ず杏梨の好みに合う。

智琉がしてくれることに間違いはない。そう信じている自分がいる。

杏梨は智琉のパラリーガルだ。助手であり、秘書である。ボスを信用するのは当たり前。なにもおかしいことではない。

無条件に尊敬できる人。そう思ってしまうのは、やはりあの葬儀の日に、ただ一人、杏梨の気持ちを正確に察して楽にしてくれたからだろう。

もちろん弁護士としても優秀な人だ。地味な案件も難しい案件も、民事事件も刑事事件も、杏梨が知る限り法廷で負けたことはない。

杏梨が外出中にヘッドハンティングされたりなにかあっても、そのまま筒抜けになってしまうほど情報が早いのは、彼の人望から広がる人脈ゆえだ。

「……お父さんみたい」

自分のセリフに、ゾクッと背筋を冷たいものが這《は》う。氷の矢を射られたみたいに。

――お父さんみたい……。

いてもたってもいられなくなり、感情の赴くまま、足がもつれそうになりながら杏梨は書斎に駆けこんだ。

リビングを出ればすぐに書斎だ。書斎のドアも開いたままだったので杏梨の足音が聞こえたのか、中へ入るとすぐに智琉と目が合った。

「どうした？　カフェオレのお代わりか？」

デスクで見ていたファイルから顔を上げ、杏梨の用件を聞こうとする。もしや仕事の邪魔をしてしまったのではと焦った。

「あ……、いえ、すみません……ごちそうさまです」

自分でもわからない感情で衝動的に飛びこんでしまったので、なんて答えたらいいのか戸惑う。とっさにごちそうさまと伝えてしまった。

本当はまだ半分残っている。残すのも申し訳ないなと思っていると、智琉が軽く息を吐いて立ち上がり近寄ってきた。

「まだ太ったとか思っているのか？」

「え？　それは……」

「思っていないなら、もう少し食べてこい。残っているだろう。ごちそうさまをするには早すぎる。体調がすぐれないのなら許すが、基本、朝食はしっかりとれ。一日の活力源だ」

目を大きくして智琉を見たあと、ぷっと噴き出してしまった。

「なんだ？」

「だって先生、お父さんと同じことを言うから……」

そこまで言って、ハッと片手で口を押さえる。

つい気を抜いて父の話題に触れてしまった。先程、智琉の存在を父に重ねてしまったせいだ。

智琉のもとで働くようになってから、法事など仕方がないときを除いて父の話題には触れないようにしている。智琉も杏梨が口にしなければ父の話はしない。

娘が弁護士を目指していることを喜び、励まし続けてくれていた父。その父の想いを裏切った後ろめたさが、杏梨に父の話題を出させないのかもしれない。

「それはそうだ。これは、藤沢弁護士が言っていた言葉だから」

「え？」

下がっていた顔を上げる。智琉が腕を組み、話してもいいかと問いかけるかのように首を横にかたむけた。

迷うあまり視線がさまよう。否定の言葉が出なかったことを了解と取ったのか、智琉が話しだした。

「司法修習生のころ、食べたり食べなかったり適当にすませたりといい加減な食生活をしていたら、藤沢弁護士から注意を受けた。それも、おにぎり五個とペットボトルのお茶を渡されて。『朝食は一日の活力源だ。しっかりとりなさい』と。それから修習中は、朝昼晩ちゃんと食べているか毎日聞かれたな」

「おにぎり……五個……」

修習生時代ならば二十代半ばだが、その年代の男性はそんなに食べるのだろうか。一緒に食事をしていても、智琉が特に大食漢だというわけではない。

いや、単に父が冗談で五個渡しただけか……。

「言っておくが、五個ぶんエネルギー消費できるくらい張りきれ、って意味で渡されただけで、そのときは二個だけ食べた」

杏梨が考えこみそうになったところで智琉の補足が入る。「そうですよね」とごまかし笑いをしつつ、ひかえめに質問する。

「先生は……料理上手なのに、そんな適当だったんですか？」

「自分が食べるより、誰かに食べてもらうために作るほうが作り甲斐《がい》があってやる気が出る。修習先の都合で家を出たが、大学時代まで実家にいた。父と兄がいて、俺が食事を作っていたから」

「先生が作っていたんですか？　お母様は……？」

「俺が小学生のときに離婚している。弟だけが母についていった」

「す、すみません！　立ち入ったことをお聞きしてっ」

智琉の昔の話なんて初めて聞くかもしれない。それも父絡みで。もっと聞きたいという我が儘な欲求に負けて質問をしてしまったが、実家で智琉が食事を作っていたという時点で、なにかワケアリなのではと疑うべきではなかったか。

「そんなに恐縮するな。仲が悪かったとか調停沙汰になるような理由じゃない。お互いの仕事のための円満離婚だ。今でも母や弟には会っている」

「そうですか」

ちょっとホッとする。ついでにまた〝聞きたい〟我が儘が顔を出した。

「……じゃあ、お料理は昔から作っていたから得意なんですね」

「今は藤沢さんがいるから、作り甲斐がある。美味そうに食べてくれるから、見ていて嬉しい」

頬がぽわっとあたたかくなった。ここに住むことが決まった日の夕食で「美味しそうに食べてくれるのは見ていて嬉しいから。たまには見てもいいか?」と言われた。誰かに食べてもらうために作るのが好きなら、智琉は今、杏梨のために食事を作っているのが楽しいということだ。

頬どころか胸まであたたかくなった。ウキウキしてきて、笑顔で言葉が出る。

「なにを食べても美味しいですから。規則正しく三食食べているなんて、信じられないです。おかげさまで元気いっぱいですよ」

「それはいいことだ」

ときどき起こる不整脈のことは言わないでおこう。

自分の存在が智琉にとってどこかでプラスになっている。そう考えると気持ちが明るくなる。しかし、それと同時に背筋に刺さったままの氷の矢が口にしたくないある不安を煽《あお》った。

「先生……」

「どうした？」

一転して杏梨が声のトーンを落としたのでおかしく思ったのだろう。智琉もわずかにトーンを落とす。

「……死なないで……くださいね」

──馬鹿なことを言っている……。

わかっている。けれど、口に出さなければ突き刺さった氷の矢は融けない。

父に似ていると思った瞬間、頭の中を支配したのは負の残像。

──杏梨の目の前で、くずおれていった父の背中。……父を刺したナイフと……取り押さえられた犯人……。

智琉は父ではない。そんなことは当然わかっているけれど、父と同じように尊敬できる人だからこそ、重なってしまうのだ。

「わかっている」

ぽんっと、大きな手が杏梨の背中を叩く。

「そんなことにはならないから。安心しなさい」

さらにポンポンっと軽く叩く。力は入っていなくとも、言葉の力強さと同等の威力がある。おかげで背筋を凍らせた氷が砕けた。

そのせいか、胸の奥がほわっとあたたかくなってくる。……ふと、窓側に置かれたカウチソファに目がいった。

「……先生、もしかして、昨夜ここで寝たんですか？」

カウチソファの端にタオルケットが寄せられている。昨日、帰ってきてから杏梨が書斎に入って本棚を見ていたときにはなかったので、夜に智琉が書斎で仕事をしているときに出したのだろう。

「調べものに時間がかかったので、そのまま仮眠をとった。よくあることだから気にしなくていい」

「気にします。駄目ですよ、昼間は春の陽気で暖かくても、まだ夜は冷えるんですから」

「夜、寒いか？」

力説した口を開けたまま、杏梨は視線を上に持っていく。ついアパートに住んでいたときの感覚で言ってしまったが、ここは室温が快適に保たれていて暑すぎたり寒すぎたりということがない。

「い、いいえ。でも、ちゃんとお蒲団《ふとん》で寝ないと疲れが取れませんよ。目をつぶって寝ればいいってものじゃないです。ちゃんと身体を休めないと」

だが引き下がってなるものか。室温問題で負けを取ったぶん、杏梨は一般論を力説する。

……が、智琉は仕事をしていたのだ。ここで仮眠をとるほど大切な調べものだったのなら、それを半端に放り出してベッドに入れと言っているようではないか。

「俺が仕事に手を抜いていたら、君の給料にも響く事態になるが？」なんてことをツラっと言われそうだ。

「それなら今夜は湯豆腐にするか」

「は？」

考えてもいなかった言葉が聞こえて、杏梨は疑問いっぱいの声をあげてしまう。会話が繋がっていない。

「しっかりと身体を休めるためによい睡眠をとるためには、まず体内からあたためることが大切だ。美味い湯豆腐作ってやる」

「わあ、お豆腐大好きです。楽しみっ」

一瞬にして笑顔になる。智琉が驚いた顔をしたが、気のせいかもしれない。

「それじゃ、仕事が終わったら豆腐を買って帰ろう。なくなったら困るから、取り置きを頼んでおくか」

「先生お気に入りのお豆腐屋さんですね。お味噌汁に入っていたとき、味が濃くてびっくりしました」

「豆腐がメインだから、そこはこだわったほうがいい」

「あれの大きいやつを食べられるのかと思ったら、楽しみで仕方がないです」

智琉が作ってくれるなら絶対に美味しいと信じているせいか、声が弾む。ニコニコしている自分がずいぶんと現金に感じられて、ちょっと恥ずかしくなった。

ふわっと、頭の上に感触があった。それがなにかを悟って、笑顔のままわずかに目を見開く。

智琉の手が頭にのっている。大きな手から、じわっとあたたかみが下りてきた。かすかに、彼が微笑んでいるように見えるのは杏梨の願望だろうか。

「俺も、誰かと食べるのは久しぶりで楽しみだ」

「はい」

緊張しながら返事をする杏梨とは対照的に、智琉は平然とした顔で手を離してデスクへ戻っていく。

「ほら、朝食を食べてこい。俺はここにいるから」

「はいっ」

今度はできるだけ平静を装って返事をして書斎を飛び出す。リビングに戻り、ダイニングテーブルに片手をついた杏梨は、もう片方の手で胸を押さえた。

「……不整脈」

鼓動が速い。……困るくらい頬が熱かった。

「治まれ……」

動悸《どうき》を抑える薬を買ってこようか。本気でそう考えるものの、そんなものでは治らないような気も、心のどこかでしている。


火事について連絡がなかったら、こちらから連絡を取る方法を考えよう。

そう考えていた翌日、杏梨のもとに警察が話を聞きにやってきた。もちろん今回の火事についてである。

警察から事情聴取を受けるなんて初めての経験だ。取調室で物々しく受けたわけではない。事務所で簡易的に聞かれただけだ。

おまけに智琉が同席して終始目を光らせていたので、話を聞きにきた巡査はやりづらかっただろうなと思う。

その日は終業後に智琉が依頼人に会いにいく約束があったので、杏梨は一人で帰路についた。

一人で帰宅するのは久しぶり。電車に乗って、マンションまで一人で歩いて……、普通のことをしているだけなのに、なぜか〝一人〟であることにもの悲しさを感じる。最近はずっと智琉と一緒なので、誰かといることのほうに慣れてしまっているのかもしれない。

少し前までは、自分が使いやすく作り上げたお城で好きなように過ごして、自分流に毎日を謳歌していたのに。

マンションに帰ると、まずビールの小さな缶をほぼ一気飲みした。胸の中でモヤモヤしているもの悲しさを消したかったのだ。

もう一本いけそうな気分だが、杏梨はひとまず入浴することにした。

智琉にはビーフストロガノフを冷凍してあるから、それを解凍して食べなさいと言われている。それほど空腹でもないので、これはあとにする。

……本当は食べたい気持ちもある。が、キッチンの電子レンジを使ったことがない。杏梨の使っていたあたため機能しかないシンプルなレンジと違って、ここにあるのは見たことのない機能が満載である。見当はつくものの、あたためるのを失敗したらと考えて不安になってしまう。

あたためるだけで失敗するわけがない。……それを失敗するのが、杏梨である。

(先生に使いかたを聞いておけばよかったな)

後ろ髪を引かれつつドレッシングルームへ向かう。一人きりという気楽さから、脱いだ洋服をぽいぽいっと放りドアも開けっ放しでバスルームに足を踏み入れた。

バスタブに身体を沈めて長い息を吐く。

お湯が肌に突き刺さるように沁みてくる。身体が冷えていたわけではなかったが、知らず緊張が続いていたのかもしれない。

アパートの火事については、火元が日出子の部屋だということだけは知っていた。直接の原因はまだ調査中とのことだったが、そのあとの質問に疑問が湧いた。

日出子の人柄や、誰かとトラブルになっていた様子はないか、最近なにかに怖がっていたとか困った様子があったとか気づいたことはないかと、妙に日出子の話を聞きたがる。

杏梨はてっきり、聞かれるとしても自分の入居時期くらいで、あとは火事について説明があるだけかと思っていたのだ。

『不審火だったというわけですか』

智琉が横から口を出したのも当然だ。彼が言わなければ、杏梨が聞くところだった。

他の住人ならごまかしは利いたかもしれないが、聞きにきた場所、そして智琉が同席したのが悪かった。

だが、いくら弁護士相手とはいえ、警察としては捜査段階の話を軽く口にするわけにもいかない。『まだハッキリとはしませんが……』と、お茶を濁そうとするものの、智琉の追及は続く。

『ハッキリとした暁には滞りなくご連絡をいただきたい。不審火で、なおかつそちらが探っているように日向日出子に恨みがある者が、嫌がらせのためにアパートを燃やしたかったのだとすれば。藤沢の部屋は日向日出子の部屋の真上。あの日、もし、藤沢が在宅していたとしたら、火事だけではすまなかったことになる。一人の女性が、命の危機にさらされる可能性だってあった。または現実にそうなったかもしれない。それをあなたは、ハッキリしないからと注意喚起を怠りますか』

……智琉の無感情な勢いで一気にまくしたてられ、言い返す言葉も失ってしまった巡査は、なにかわかれば連絡をすると約束をさせられてしまった。

少々気の毒ではあったが、智琉がいたことを不運だったと思ってもらうしかない。

火事の詳細については杏梨も知りたい。放火の可能性があるのだとしたらなおさらだ。杏梨がお願いするよりは確実だったろう。

出火原因はわからないまでも、日出子の容態が知れたのはよかった。

日出子は軽い火傷を負ったものの、回復してきているとのこと。高齢ということもあって、引き続き入院は続いているようだ。

（お見舞い……行きたいな……。日出子さんと、おはなしした、い……）

いろいろと考えこんでいるうちに、なんだか頭がぼんやりしてきた。

杏梨の中でかすかに危険信号が点滅する。が、手遅れだった。全身がだるくて、手足が重い。頭が上手く回らない。

ずっと考えごとをしていたから、のぼせたのかもしれない。なんにしろこのままではまずい。バスタブから出なければ。

それはわかっている。けれど身体が動かない。

（どうしよう……）

朦朧《もうろう》としてきているせいか、危険な状況なのに緊迫感がない。

身体が重い。息苦しくなってきた。常々、お風呂では考えごとをしないよう気をつけていたというのに。

元住んでいたアパートの小さなバスタブではなかった現象が起こりはじめる。脱力した身体が少しずつ滑り、出していた肩が沈んでいく。このままでは顔も沈んで……。

（え……、まずくない……？）

呑気《のんき》に考えている場合ではない。しかしどうにもできない。ぼんやりとした脳裏に、亡き父の笑顔が浮かんだ。そのとき……。

「藤沢さん⁉」

智琉の声が頭に響く。……響いたような気がした。

（とうとう……幻聴が……）

誰かに助けを求めなくては。無意識の気持ちが智琉の声を再生したのだろう。しかし幻聴は続く。

「ビールの缶が転がっているし、ドアも開けっ放しだからなにごとかと思えば……。大丈夫か、今、出してやる」

焦った智琉の顔が見える。……ような気がする。

焦る智琉の顔なんてレアすぎる。超スーパーウルトラデラックスレアだ。智琉が助けにきてくれないかなという願望が、彼の姿を見せているのかもしれない。

智琉がお湯に腕を入れ、杏梨を抱き寄せてバスタブから引っ張り上げる。きつく抱き締められる感触も、濡れた身体が乾いたスーツに密着する感触も、妙にリアルだ。……幻聴と幻覚、さらには触覚までもがおかしい。

脳の伝達機能までのぼせてしまったのだろうか……。

バスルームを出てドレッシングルームの壁に寄りかかるように座らされる。無造作に両脚を投げ出し全裸をさらした杏梨に、智琉がタオルを巻いてくれた。

「考えごとでもしていたのか？　食事もとらずビールだけ飲んで入浴するなんて、危なっかしいにもほどがある。聞こえているか、藤沢さん！」

智琉の声が少し大きい気がする。

杏梨の目をジッと見ているようなので、声が出ないかわりにゆっくりとまばたきをして返事をした。

たのだ。

（先生……本物……？）

やっと、これが幻聴や幻覚ではないことを脳が理解する。本当に智琉が助け出してくれ
しかし、それを理解すると困ったことがある。

（え？　わたし……素っ裸なんですけど……）

智琉が助け出してくれたということは、つまりはそれを見られてしまったということではないだろうか。

（ちょっとぉぉぉぉぉーーー、まってぇぇぇぇぇ！！！！！）

心の中では大絶叫なのだが、いかんせん身体がまだ動かないし、心臓がバクバクしていて声を出すだけの空気が回ってこない。

「水を持ってきてやるから、待っていろ」

杏梨の顔をタオルで拭い、智琉が離れていく。スーツをびしょ濡れにしてしまって申し訳ないと思うが、おかげで助かった。少しずつ身体も楽になっていく。

（それにしても先生……水もしたたるいい男ですね……）

お湯がかかった前髪から、顔にしたたっていた。同居して風呂上がりの顔は見たことがあるが、お湯がしたたっているのはまた違った趣がある。

こんな状態ではあるが、仕事をしているうえでは見られない智琉を見られて、ちょっと

得をした気分だ。

　そうしているうちに智琉が戻ってきた。杏梨のかたわらに胡坐《あぐら》をかき、ミネラルウォーターのペットボトルの蓋を開ける。本人の手に持たせようとしたが指が動かないので、杏梨の口にあててかたむけた。

「少しずつ入れるから。飲みこめ」

　しかし壁に寄りかかっていることもあって水が喉のほうにまで流れてくれない。下顎には溜まるものの、嚥下《えんげ》できないまま唇の端からこぼれていった。

「仕方がないな……」

　すると、智琉が杏梨を抱き寄せ、片腕に頭をのせて上を向かせた。

「緊急事態だ。理解しろ」

　智琉がペットボトルをあおり……。軽く杏梨の唇に唇を重ねて、静かに水を流しこんだのである。

（唇……触れて……）

　ぼんやりと開いた目に、智琉の真剣な顔が映っている。彼は数回に分けて水を口に含み、杏梨に口移しで飲ませた。

　杏梨の様子を確認するためか、彼も薄目を開けている。迫る顔面が秀逸すぎて見てはいけないものを見ているような恥ずかしさに襲われた。

（先生……別の意味で……気絶しそうです……）

おまけに異性と唇を重ねるなど初めての経験。それが緊急事態絡みとは。なんとも複雑である。

――このあと、献身的な口移しで水分を補給できた杏梨は、意識もハッキリし、動けるまでに回復した。

が、智琉の介入は終わらなかった。

「さっきまで動けなかったくせに。無理をするな」

パジャマの着替えを手伝ってもらい、ドライヤーで髪を乾かしてもらい、雑炊を作ってもらい、ベッドまでお姫様抱っこで運ばれ、寝かしつけられてしまった。

……二十五歳というより、五歳児である。

それなのに、そんな甘やかされかたが心地よくてすやすやと眠りについてしまった……。

後悔は、思考力がクリアになった翌朝にやってくる。

「昨夜はご面倒をおかけいたしました！　ありがとうございましたぁっ！」

キッチンで朝食を用意する智琉の横で、杏梨は深々と頭を下げて土下座をする。下げた顔は真っ赤だ。昨夜のことを考えると記憶喪失になりたいくらい恥ずかしい。

（は、裸を見られたうえに、キ、キキキ、キスまでしちゃったっ！　いや、あれは人命救助的なやつだから恥ずかしがってるのはわたしだけかもしれないけど、でも、でもぉ

っ‼）

顔が上げられない。耳まで熱くて、どれだけ真っ赤になっているのかと思うと焦る。こんな顔を見られた日には「君でも気にするのか」と言われてしまいそうだ。

（気にしますよぉ！　だって、先生にとってはたいした裸じゃなかったかもしれないけど……でも、人命救助でも、男の人にあんな姿……！　先生に……）

なんだか泣きたくなってきた。

裸を見られたり唇が触れ合ったり。それよりも、智琉にそんな自分を見せてしまったのが恥ずかしい。

自分が悪い。それはわかっている。

顔を上げられない杏梨の前に、智琉がかがんだ気配がする。頭にポンッと大きな手がのった。

「今夜、なにが食べたい？」

「はい？」

脈絡なく尋ねられ、思わず顔が上がる。頭にのっていた手が頬に触れ、ヒヤッとした温度が心地よい。

「恥ずかしい思いをさせてしまった詫《わ》びだ。なんでも好きなものを作ってやる」

「え……あ、じゃあ、湯豆腐っ」

目と鼻の先にある表情が優しい。驚くのも失礼な気がして、とっさに言葉が出てしまった。

「湯豆腐……食べたばかりだが、いいのか？」

「いいです……！　先生の湯豆腐、美味しいからっ」

「わかった」

腕を掴まれ、一緒に立ち上がる。杏梨から離れた智琉は朝食の準備を再開させた。

「今夜は湯豆腐にしよう。あっ、フレンチトーストができたから、テーブルに運んでくれるか。運ぶくらいはできるだろう？」

「できますっ」

勢いよく返事をし、フレンチトーストがのった皿を両手に持つ。キッチンを出ようとした杏梨に、智琉が素早く耳打ちした。

「恥ずかしかったのは……君だけじゃない」

どくん……と、心臓が大きな音をたてた。すぐに智琉が離れたので、杏梨もそのままテーブルへ向かう。

智琉は表情を変えてくれないから、考えていることがわからないけれど……。

そんな彼の気持ちを知ることができると、鼓動とは違うなにかが胸の奥で飛び跳ねる。

それが嬉しいと感じてしまうのは、なぜだろう。

夕方、智琉が急な用事で検察庁へ行ってしまった。

直帰になるとのことなので、杏梨がお豆腐を買って先に帰ることになったのである。

「湯豆腐楽しみだなぁ」

豆腐店の袋を手にマンションの敷地へ入る。エントランス手前の風除室がガラス張りになっているため、出入り口がよく見える。そこに女性が一人立っていた。

住人だろうか。しかし各部屋に繋がるインターフォンの前で、何度も操作盤に触れている。住人の誰かを訪ねてきたのかもしれない。留守なのだろうか。

「すみません、もしよかったら、中にコンシェルジュさんがいますので呼んできましょうか？　訪ねてきたことを相手に伝えておいてくれますよ」

驚かせないよう、ひかえめに声をかける。すると女性が勢いよく振り返り、杏梨のほうが驚いて身体を震わせた。

そんな様子を見て、女性は申し訳なさそうに微笑む。

「ごめんなさい。話しかけられると思わなかったものだから。ご親切に、ありがとう」

間近で見ると、とても整った顔をした美人だ。前髪を軽く流したショートボブ。軽くカラーが入っているのか、真っ黒ではない。歳は二十代後半か、三十歳前後だろうか。

とても綺麗なのだが、凛々《りり》しさを感じさせる顔つきで〝美人〟という言葉が一番似合う。

パッと見てわかるくらい質のいいパンツスーツは、これも六ケタだろうかと直感的に思わせた。

「いるって聞いていたから来たけど……、まだ帰ってないのかな。弁護士はいつなにがあるかわからないから仕方がないか」

「弁護士……。もしかして、久我先生にご用ですか？」

「ええ、久我智琉に……」

住人の中に他にも弁護士がいるかもしれなかったが、つい智琉の名前が口をついて出た。女性は杏梨の顔をジッと見ると、パッと人懐こい笑顔になる。

「もしかしてあなた、藤沢杏梨さん？」

「え……？　はい……」

相手が名乗らないうちに答えてしまった。それだけ女性の変わりように意表をつかれたのだ。

「やっぱり。そのブラウスを見てそうかと思った。とてもお似合いよ、素敵」

「え、あ、ありがとうございます。……あの、あなたは……？」

うろたえてばかりでは駄目だ。どうしてブラウスを見てわかったのかという大きな疑問は湧いたものの、それを押しこめて彼女に問うた。

「ああ、ごめんなさい。角田仁実《つのだひとみ》といいます。これ名刺」

女性は素早くスーツから名刺を出し、杏梨に差し出す。片手に持っていた豆腐の袋を腕にかけ、両手で受け取った。

「……弁護士さん？」

【オリエンタルリード総合法律事務所　弁護士　角田仁実】

名刺を持つ手に力が入る。なにかいやなものがザラリと胸の奥を撫《な》でた。

大手の総合法律事務所だ。弁護士ということは智琉の知人、友人の類かもしれない。

――それだけではないような気配から、杏梨は意識的に目を背ける。

「ちょっと話したいことがあったんだけど、あとにする。来てたことだけ伝えておいてくれるかな」

「はい、伝えておきます」

「ありがとう。よろしく。……あれ？」

軽く手を上げて立ち去ろうとした仁実だったが、杏梨が腕に下げた袋に気づいて身をかがめた。

「あー、このお豆腐、智琉お気に入りのやつ。もしかして今夜って湯豆腐？」

「はい、……豆腐にはこだわったほうがいいからって……」

「出たぁ、智琉の食材へのこだわりっ。でも、美味しいよね、智琉が作る湯豆腐。なにを作っても美味しいけど」

軽く笑って、仁実は外へ出て行く。出てから一度振り返り、呆然と彼女を見送る杏梨に笑顔で小さく手を振った。

凛々しい雰囲気の美人なのに、そんな仕草は妙にかわいらしい。

名刺に目を移し、頭の中でぐるぐる回っている予想を意識しないようにジャケットのポケットに入れ、速足で歩きだす。

彼女が誰なのか考えまいとすると、別の問題が杏梨の頭を占領した。

（名刺……渡すとき、なんて言おう）

平気な顔ができるだろうか。仕事中と同じく、必要な報告をしているといった調子で渡せるだろうか。

（渡せるに決まってる。先生のお客さんなんだから、訪ねてきていたのを伝えるのは当たり前なんだ）

間違っても、眉をひそめて「女性が訪ねてくるなんてびっくりです。先生も隅に置けませんね」なんて、嫌みのような焼きもちのようなことを言ってはいけない。

（焼きもちのわけがないでしょう！　仕事の関係で訪ねてきた人に決まってるのに！）

強く自分に言い聞かせ、杏梨は部屋に駆けこみ冷蔵庫へ走る。豆腐を袋ごと入れて、両手で扉を閉め大きく息を吐いた。

（……彼女は……先生のなんなんだろう……）

気を抜くと考えまいとしていることが浮かんでくる。杏梨は別のことを考えられる場所を求めて書斎へ向かった。

書斎の中はデスクとカウチソファ、そして腰窓がある面を除いた他の壁一面を、書棚が占めている。もちろんそこには法律関係の書物や資料が並んでいた。

興味があったら入ってもいいと言われているので、杏梨は毎日のように書斎に足を踏み入れる。仕事に使える文献があるのはもちろんだし、興味のある書籍もある。そしてなにより……懐かしい。

ここに入ると、父の書斎を思いだす。父の書斎も壁一面が本棚で、窓までふさいでしまいそうなほど本で埋まっていた。

目をつけていた過去の判例集を手に取り、カウチソファに腰を下ろす。ぱらぱらとめくりはじめるがまったく頭に入ってこなかった。

（先生と、同棲していた人なのかな……）

懸命に考えないようにしていたはずの言葉が浮かび、杏梨は息を止めて身体を固める。

頭を左右に振って払おうとしたが、飛び出してきたものは止められなかった。

姿形が整った美人だった。それだけではない凛々しさを感じたのは、きっと彼女の職業のせいだろう。

同じ弁護士仲間で、歳も近そう。一六〇センチに五センチヒールの杏梨の目線より少し高いくらいの身長。一七〇くらいだろうか。智琉と並んだら、バランスの取れた素敵な絵画が仕上がりそうだ。

視線が下がっていく。ブラウスのリボンタイが目に入り、片手でぎゅっと握った。

このブラウスは、もしかしたら彼女の持ちものだったのではないか。体形はさほど変わらない。ブラウスは未着用品だった。彼女はこのブラウスが智琉の部屋にあったことを知っている。そして、杏梨が譲り受けたことも。

なぜ知っているか。智琉が話したからとしか考えられない。

いくら親しくても、そんなプライベートなことをペラペラ喋る人ではない。それならなぜ話した。

——このブラウスのもともとの持ち主だから。

おそらく、杏梨が譲り受けたものは、彼女がこの部屋に置きっぱなしにしていたものだ。なぜ智琉の部屋に置きっぱなしになっていたのか。

——一緒に暮らしていたから……。

「やだっ……！」

吐き捨てるように言葉が出た。とっさに両手で口を押さえる。その勢いで本が床に落ちた。

(先生と同棲していた人？　いつ？　そんなの知らない。一緒に仕事をしていて、そんな気配があったことなんかない)

彼女は智琉が作る料理はなんでも美味しいと言っていた。彼女は今の杏梨のように、朝に夕に智琉と食事をともにしていたのだろう。

誰かのために作るのが楽しいと言っていた智琉。以前は、彼女のために作っていたのだ。

一緒に住んでいたといっても、杏梨のように焼け出されたからとかそんな理由からではない。きっと、もっと、違う理由。

――恋人同士だったから……。

ずきん……と、心臓の奥になにかが刺しこまれる痛みが走る。反射的に胸を押さえ、杏梨は横に身体を倒した。

頭がのったのはタオルケットの上。昨夜智琉が使ったものだ。出しっぱなしなんて彼らしくない。今夜も使うつもりなのだろうか。

「……先生……身体壊しちゃいますよ……」

呟いて、両手で胸を押さえる。鼓動が速い。また不整脈だ。

それも、このタオルケットに触れた直後に症状が現れた。

(先生……これをかけて仮眠をとってたんだ……。本当に寒くなかったのかな。もしかしてしっかりくるまってたとか……)

そう考えると智琉の匂いがしてくるような気になる。無意識に顔をタオルケットに擦りつけていて、ゆっくり恥ずかしさが湧き上がってきた。

鼓動が速い。頬が熱い。でも、苦しいわけじゃない。お腹の奥がジリジリする、このもどかしさはなんだろう。

それでも、智琉と同棲していたのだろう彼女のことを思うと、同じ胸でも鼓動を感じる部分とは違う場所が握り潰されるように痛くなる。

――これは……なんだろう。

なんとなくわかる気もするけれど、それを認めてはいけないない気もする。

だいいち、自分の思い違いかもしれない。

こんなふうに心が定まらないのは初めてで、もしかしての可能性を当てはめることができない。

「先生……」

――これは、……なんですか……？

＊＊＊＊＊＊＊＊

「そろそろ実家に戻ってやれ。怒ったふりはしているが、父さんだってそうしてほしがっている。わかるだろう？　というか、久我智琉をほしがらない法律事務所はない」

――また同じ話だ……。

兄のセリフを思いだし、智琉はため息をつきながら車のキーを抜いた。腕時計を確認し、急いで車を降りる。

初公判を控えている事件のことで話があるからと検事である兄に呼び出され、夕方から検察庁へ行っていた。

最初のうちは仕事の話だったが、気がつけば父からの伝言のような話になっていたのだ。「話が長い。検事だろう、簡潔に要点をまとめてくれ」と当然の注文をつけると冒頭のセリフが出てきた。

同じ話はもう何度もされている。兄どころか、弟にまでされた。

聞く耳持たんと早々に引き上げたが、それでも予定よりも時間を取られている。智琉が心配なのは夕食の時間が遅くなってしまうことだ。

（藤沢さんが、空腹のあまり泣いてしまったらどうする）

エントランスに入ると、チーフコンシェルジュが報告をくれる。智琉が以前同居していた仁実が、杏梨となにか話して帰っていったという。

智琉に用事だったのだろうとは思うが、話があるならまず電話をしてほしいところだ。

チーフコンシェルジュに礼を言い、智琉はエレベーターホールへ向かった。

エレベーターがなかなか降りてこない。珍しく苛ついた。杏梨が空腹で泣いているのではないかと思えば、なおさらだ。

（いや、泣きはしないか）

おそらく「空腹くらい我慢できますよ」と笑うだろう。そのあとで腹の虫が音をたて、気まずい顔をするところまで想像できる。

（意地っ張りというか、自分をしっかり者に見せようとして背伸びをしているところがあるからな……）

杏梨のことを考えているとイラつきがスンッと治まってくる。やっと降りてきたエレベーターに乗りこみ、彼女が待つ部屋を目指した。

常々智琉が自慢をしていることもあって、引き抜きがかかるほど優秀なパラリーガルになった。確かに彼女は優秀だ。そもそも法学の基礎が完璧なのだ。法学部時代、担当教授から司法試験予備試験を勧められるほどの実力も能力もある。

（仕事で発揮する能力のひとかけらでも自分のことでできたら、あの天然不器用もなんとかなるのではと思うのだが……）

真面目でしっかり者なのに、なぜか自分のことに関しては不器用になる杏梨の性格を、智琉は知っている。彼女のアパートを覗いたことがあるわけではない。藤沢夫妻、双方から聞かされていたからだ。

父親からは、修習生時代からよく彼女の話を聞いていた。一人娘が弁護士を目指して頑張っているのがよほど嬉しいのか、杏梨の話をするときだけは顔が〝子煩悩のお父さん〟になっていた。

『昔から勉強を頑張るあまり、他のことには能力を配分できなかったらしくてね。少々、自己管理が不器用なんだ』

母親は、杏梨が大学を辞めて智琉の事務所で働くと決めたときに、娘を案じて話してくれた。

『本当に、弁護士を目指して、それしか見えていなかった子なんです。なんと言いますか、なにかを目指して集中はできるのですが、そのぶん自分のこととなると気遣いが半減するというか、自分のことに関しては不器用というか……』

……両親とも、言いかたが遠回しだ……。

言いづらいだろう。

優等生で私生活もしっかりしていそうな娘が、実は片づけ下手で天才的に料理を含む家事全般が駄目だなんて。

父親は控えめに「少々」という言葉を使っていたが、この十日ほど一緒に暮らして、おそらく「少々」なんてかわいいものではないだろうと察しがついた。

それなので、できるだけ杏梨にはなにもさせないようにしている。

してもらわなくても困らないので、智琉は平気だ。作ったものをとても美味しそうに、嬉しそうに食べてくれるだけで満足である。

他にも、実に世話のやき甲斐がある。服装を褒めてやると照れて嬉しそうにするのが、それがまた……かわいい。

あれだけ子煩悩な両親のもとで育ったのだから、「かわいい」なんて言われ慣れているだろう。それでも杏梨は素直に嬉しさを表現してくれる。

頬を染めて……戸惑い、言葉も忘れ……。

仕事中の彼女からは想像もつかないが、まぎれもない真実。

またそんな杏梨を目の前で見ているのが自分だけなのだと思うと、一日中法廷をはしごしてもそのすべての戦いで勝訴を勝ち取れる自信が湧くほど、優越感に包まれるのだ。

(照れているのがかわいいなんて言ったら……、怒るだろうな)

内廊下を速足で進みドアが見えてくると、ふと玄関やエントランスで立っている杏梨が思い浮かぶ。近くのコンビニに行って帰ってきただけでも「おかえりなさい」と出てくる彼女は、智琉があとから帰宅するようなときはエントランスに立って待っている。

初めてそれを見たときは「飼い主を待っている犬じゃないんだから」と言ってしまった。

彼女はムキになるわけでもなく「出迎えたいんですけど、気がつかなかったら申し訳ないし、五分おきに玄関を確認するのもなんだし。ここで待っていたほうがいいかなって」と、恥ずかしそうに言ったのだ。

それなら、彼女に無駄なことをさせないように到着する前に電話なりメッセージなり送ってやればいい。最適な解決策があることはわかっているのに、智琉はそれをしない。

――出迎えてくれる杏梨を見たいという、人には言えない欲求が働いているからだ。

ドアを開けて部屋に入る。――杏梨の出迎えは、ない。おまけにひどくシンっと静まっている。

(出かけている？　いや、そんな連絡はきていない)

胸騒ぎが起こりそうになるものの、杏梨の靴はちゃんと玄関にある。慌てて脱いだのだろうか、靴が互い違いになっていて片方は側面を向いていた。

おまけにショルダーバッグが書斎のドアの前に置きっぱなし。その書斎もドアが開いている。智琉が朝に間違いなく閉めて出たはず。

書斎の中を覗き、智琉はホッとして足を踏み入れた。

「どうした？　腹が減りすぎて動けなくなったのか？」

問いかけながらカウチソファに近づく。返事はない。そこでは杏梨が眠っていた。座って身体を倒し、そのまま眠ってしまったのだろうか。今日一日、寝不足だったようにも見えなかったが。

足元に判例集が落ちている。智琉は本を拾ってから杏梨のかたわらにしゃがんだ。

タオルケットを握り締め、顔をうずめるようにして眠っている。安心しきった寝顔を見ていると、胸の奥があたたかくなってきた。

気がつけば杏梨の頭をゆっくりと撫でている。目が覚めているときにこんなことをしたら怪訝《けげん》な顔をするだろうか。それともキョトンとしながら頬を染めるだろうか。

「……かわいいな」

自然と口をついて出る。

――まさかこんな感情を持ってしまうなんて……。


あの日、杏梨が住むアパートが全焼したと大家の娘から連絡を受け、急いで彼女を捜した。杏梨が電話に出なかったため、職場に連絡してきたのだ。

その後、バーで杏梨を保護し、マンションに連れてきた。本当ならすぐにでも部屋探しを手伝ってやるべきだったのだろうが……。

藤沢夫妻から娘の不器用さを聞かされているせいか、新しい環境に一人で放りこんで、ちゃんとやっていけるのだろうかと心配になった。それならしばらく手元において世話をしたほうがいいのではないか。

杏梨の年齢を考えても、独身の男女で同居はどうかと迷いはあった。だが……。お味噌汁が美味しいと喜び、世話を焼かれては喜び、せめてできることをと買い物に行って智琉の帰りを待っている。

智琉の無色無味無臭の生活に、杏梨という彩りが加わった。

世話を焼く楽しさと喜んでくれる嬉しさが心地のいい甘さになり、彼女が部屋にいるだけで室内の空気が違う。

『娘のそばにいるとね、こう、気持ちがウキウキするんだよ。ハハハ、親馬鹿だけどね』

頭をめぐるのは、一人娘の話をする藤沢弁護士の顔。そんな話をされているときは「娘さんと仲がいいんですね」と言いつつ、親馬鹿感が拭えなかった。

けれど、今は……。

智琉は杏梨の頭を撫でていた手を滑らせ、ふわっと頬に触れる。

あたたかい。人の肌とは、こんなにあたたかくて優しいものだっただろうか。

指に彼女の寝息がかかる。くすぐられるような感触に、理性が制御信号を送った。

「藤沢さん、眠いのか？　湯豆腐食べないのか？」

頬から手を離し、杏梨の肩を揺する。「ん……」とうめき、まぶたがピクピクと動いた。

むくっと起き上がった杏梨が、寝ぼけ半分に微笑む。

「おかえりなさい、先生ぃ……。お疲れ様です。……おなかすきましたぁ……」

思わずクッと喉を鳴らして笑いをこらえる。無意識のうちに、杏梨の頭にポンッと手をのせていた。

「よし、美味い湯豆腐、作ってやる」

娘を心からかわいがっていた藤沢弁護士。

今は、その気持ちがわかる気がする。

ただそれは、親馬鹿の視点ではない……。

第三章　不整脈（だと思っていた）と甘い感情

藤沢杏梨、一世一代の不覚。

――か、どうかはわからないまでも、それほど杏梨は追い詰められていた。

（どうしよう……）

手の中には、昨日受け取った名刺がある。智琉を訪ねてきた、角田仁実からもらったものだ。

事務所の自席で、杏梨は名刺を見つめたまま固まっていた。かなり深刻な顔をしているので、美雪からは資料ファイルを真剣に読んでいるようにしか見えないだろう。

智琉は外出中だ。だからこそ焦りが募る。

昨夜から今日、もう昼近いというのに。名刺をもらったことを言うどころか、仁実が訪ねてきたことさえ智琉に言えていない。

書斎で眠ってしまい、帰宅した智琉に起こされた。ぼんやりしていたのと、湯豆腐があまりにも美味しくてその他のことを忘れてしまった。

仁実が訪ねてきたことも、名刺をもらったことも、それを伝えることさえも、忘れてしまったのである。

……もしかしたら、思いだしたくなかったのかもしれないのだが……。

なんにしろ、すべきことをしていないのは問題がありすぎる。

それなら、智琉が戻ってきたら急いで伝えればいい。諸連絡を怠ってしまったことを詫びて、謝罪すればいいだけの話だ。

しかし、杏梨が焦っているのは、そこではない。

――仁実の存在を智琉に伝えたくない、我が儘な自分がいる。

そんな自分の存在に焦っているのだ。

「あっ、先生、お帰りなさい」

美雪の声が聞こえ、思考が現実に戻される。ドアが開いたのに気づかなかった。とっさに「先生」という言葉に反応したのだ。

「お疲れ様で……」

何食わぬ素振りで顔を上げ、杏梨は表情を固めた。

事務所に入って来た智琉の横にもう一人いる。パンツスーツ姿のスラリとした美人。

――仁実だ。

「ご依頼の方ですか？」

この時間は相談の予約が入っていない。美雪は飛びこみの依頼かと思ったのだろう。仁実に話しかけつつ相談依頼書を出そうとする。

仁実がにっこりと微笑むと、美雪の手が止まった。

「ごめんなさい、違うの。智琉を訪ねてきたんだけど、ビルの前でバッタリ会ったから一緒に来ちゃっただけ」

「来るときは連絡をしろ。黙って来るな。常識だろう」

ため息をつき、智琉が苦言を呈す。仁実は笑いながら軽く返した。

「いいじゃない。そんな堅苦しい仲でもあるまいし」

「親しき仲にも礼儀ありという言葉をだな……」

「はいはい、わかっております、わかっております。耳にタコどころか巨大オクトパスが出現しそう」

「耳から巨大オクトパスが出現するところは、俺もぜひ見てみたい。出現するまで小言を言ってやる」

「お断りでーぇす」

なにを言われても仁実は軽く返してしまう。そこに二人の親密さを感じて、杏梨はだんだん胸が苦しくなってきた。

美雪はといえば、いささか怪訝そうな顔で仁実を見ている。智琉に対してこんなにもライトに接している女性は見たことがない。

戸惑う彼女を通り越し、仁実が杏梨に気づいた。

「杏梨さん、よかった、会えて。昨日はどうも」

呼びかけられた瞬間、全身が焦りを伴う緊張に包まれる。杏梨の目は仁実ではなく智琉に向いた。

「はい……！　あっ、昨日は……すみませんっ」

「杏梨さんは謝らなくていいよ。智琉がいなかったのが悪いんだから」

「いえ、そうじゃなくて、すみません……」

慌てて立ち上がり、杏梨は智琉に駆け寄って仁実の名刺を差し出した。

「申し訳ありません、先生。昨日、角田様が先生に会いにいらっしゃっていたのですが、お伝えするのを忘れていて……」

言いたくないとか考えている場合ではなくなった。本人が現れてしまったのだから黙っているわけにはいかない。

かえって、現れてくれてよかったのかもしれない。いつまでも言いだせない罪悪感に苛まれなくてすむ。

「え？　事務所にいらっしゃいましたっけ……？」

美雪が不思議そうに小首をかしげる。智琉や杏梨はいなくても、美雪はほとんど事務所にいる。自分は会った覚えはないのに杏梨がいつ会ったのか疑問なのだ。

マンションで会ったとはもちろん言えない。

「ああ、それはね」と仁実が口を出し、マズイとは思えどどうにもできず冷や汗だけが噴き出した。

「夕方、ビルの入口のところで会ったの。智琉はいないって言うから、名刺だけ渡して帰ったんだけど」

「そうなんですか。夕方……ああ、先生、検察庁のほうに行ってましたもんね」

「そうそう、口うるさい検察官に呼び出されたんでしょう？　ほんっと、細かくてうるさいのよ、あの男」

「お知り合いですか？」

「ちょっと親しい仲」

「親しい……」

意味ありげに微笑み、仁実は美雪の好奇心をおおいに煽る。煽ったそばからいきなり智琉の腕に自分の腕を絡め、期待を打ち砕いた。

「でも、智琉とのほうが仲良し」

「仲良かったか？」

「またそういうこと言う。あれだけ世話焼いといて」

「俺がいないと死んでただろう」

「そうかもー」

仁実は楽しそうだが、智琉はいつもの無表情だ。それでも絡めた腕をほどこうともせず、したいようにさせている。

いやじゃないから振りほどかないのだろうか。振りほどく必要がないから……。そんなことを考えていると胸の奥がざわざわする。

美雪も困惑しているようで、何度も目をしばたたかせていた。

一方杏梨は、そんな二人を正視できない。

絵になる美男美女の組み合わせは見惚れて然るべきなのに。正視したら……今以上に胸が痛くなりそうで……。

「先生……名刺を……」

杏梨は名刺を差し出したまま、ひかえめに智琉に顔を向ける。できるだけ目が合わないよう、横の仁実を見ないよう、横に、下に、視線だけを動かした。

「その名刺は藤沢さんがもらったものだろう。君が管理するといい」

「はい……」

「こんなナリだが、なかなか優秀なやつだ。今後情報交換にも役立つだろう。顔見知りになっておいて損はない」

一応……褒めているのだろう。「こんなナリ」と言われるようなおかしな格好をしているわけではない。本日のパンツスーツも、おそらく六ケタの代物だ。

「それと……」

わずかに智琉の声に険がこもる。いきなり顎の下に指を置かれ、驚いて視線が上がった。

「話をするときは、相手の目を見なさい。目が見られないなら顔、それでもつらければ口元。俺は、藤沢さんが見るに堪えない顔をしているのか」

「い、いいえ、すみません」

口調はいつもどおりなのに、目元が少し怒っている気がする。

仁実のことをちゃんと伝えていなかったからだろうか。それとも……智琉から目をそらしていたからだろうか……。

顎に触れた智琉の手を摑んで離してくれたのは仁実だった。柳眉をゆるやかに逆立て、智琉を睨《ね》めつける。

「やめなさい、そういうの。パワハラ案件にするよ?」

「おまえの得意分野か」

「だいたい、いつもそんな愛想のない顔をしていたら目をそらしたくもなるでしょう。愛想よくしなさいよ。顔はいいんだから」

不覚にも噴き出しそうになってしまった。遠慮なくプハッと噴き出したのは美雪だ。杏

梨は笑いそうなのをごまかすためにも名刺をジャケットのポケットに入れ、軽く咳払いをしたあと表情を改めて智琉を見る。

「申し訳ございません。先生が女性と連れ立ってお戻りになるなんて初めてのことで、少々動揺いたしました。連絡を怠りましたこと、改めまして、申し訳ございません」

「そんなに気にするな。アポを取らないコイツが悪い」

「えー、ひどいっ」

クスクス笑いながらも、仁実は智琉の腕を放さない。それどころかよけいにくっついた気がする。

（……なんだろう……、泣きそう……）

せっかく気持ちをリセットできかけていたのに。また目をそらしたくなってくる。そんな杏梨の目の前に、智琉は一枚のカードを突きつけた。

「岩井さんのところに行ってきてくれ。それは藤沢さんが持っていていい」

【ぽえっと】のコーヒーチケットだった。このカード一枚でコーヒー類、紅茶類、十一杯ぶん使えるらしい。

「奥さんが藤沢さんと話がしたいそうだ。区役所へ行く用事があったろう？　帰りにでも寄ってきたらいい」

「ですが、ひと休みするほどの用事でもありませんし、明日のお昼にでも……」

「依頼人のアフターフォローも兼ねていると思えばいい。会いたがっていた。行ってあげなさい」

「……はい」

ずいぶんと気に入られている。それはわかっていたことだが、どことなく違和感を覚えた。

智琉にコーヒーチケットを渡してまで杏梨の来店を希望するのもそうだが……。智琉が、それに手を貸すなんて、どういう意図だろうか。

アフターフォローも大切なのはわかるのだが……。

「先生は、いつこのチケットを?」

「今日だ。岩井さんのご主人が車で追突された件があっただろう。どうなったか聞きにいったときに」

「そういえば、どうなったんですか?　犯人はわかったんですか?」

「まだわからないらしい。レンタカーだったんじゃないかという話もあって、調査中らしい」

「ドラレコは、つけていなかったんでしょうか」

「店の配達用の車ならついていたらしいが、今回乗っていたのは奥さんが主に使っている軽自動車だったそうだ。配達用の車は調子が悪いので点検に出していたらしい」

「そうなんですか……」

考えこみそうになった杏梨の袖を、美雪がクイクイッと引っ張る。見るとずいぶんと不安そうな顔をしていた。

「……引き抜かれないでくださいね」

どうやら美雪は、杏梨が岩井夫妻に引き抜かれそうになったことを本気で心配しているらしい。

「そんなわけないでしょう」

杏梨は笑って美雪の不安を取り除き、心持ち急いで用意をして事務所を出た。


智琉がコーヒーチケットの話を持ち出してくれたのは都合がよかった。

事務所にいたくなかったからだ。智琉と仁実の親しげな様子を見ていたくなかった。二人共通の話題を聞かされるのがいやだった。

仁実に腕を取られても、注意をするわけでもいやな顔をするわけでもない。まるで当然のように智琉は仁実を受け入れている。

(今は一緒に暮らしていないし、だとすれば別れたのかな。別々に住みはじめただけ？別れたとしたって、今でもあんなに仲がいいっていうのも……)

悶々と考え、杏梨は琥珀《こはく》色の液体の中でティースプーンを回す。くるくると渦を巻く液体が、頭の中と共鳴しているよう。

仁実は、やはり智琉の恋人だったのだろうか。だった、というより、現在進行形で恋人なのかもしれない。

置きっぱなしの洋服やメイク道具も、たまに彼女が泊まりにくるから置いてあったのでは……。

（えええっ！　わたし、邪魔者じゃない⁉）

もしや、杏梨が使っている部屋は仁実が使っていたものではないのか。３ＬＤＫに二人で住んでいたとなれば、ベッドルームと書斎以外に個室として使えるのはあそこしかない。客間として空けておくには調度品がそろいすぎていた。すぐにでもあそこで生活をはじめられるほど。

……ズキン……ズキン……、鼓動のように響いてくる胸の痛み。痛くて痛くて、泣いてしまいそう……。

「杏梨さん」

呼びかけられて顔を上げる。カウンターの向こうで、由佳里が心配そうに杏梨を見ていた。

【ぽえっと】の店内はテーブル席がふたつ埋まり、カウンターには杏梨だけ。区役所での用事をすませて来店すると、岩井夫婦から歓迎を受けた。

「紅茶、お砂糖はもう溶けたんじゃないかなと思って」

「あ……そう、ですね」

ごまかし笑いをしてスプーンを置き、ソーサーごとティーカップを手に取る。ひと口飲んで、目を見開いた。

「美味しい。なんだろう、このお砂糖かな。氷砂糖？」

紅茶と一緒に出されていた、小さな花形のガラス容器。改めてそれを三本の指でつまんで眺める。中には小さな氷砂糖が液体に浸されていた。

「美味しいでしょう。ドイツの氷砂糖なんです。氷砂糖のシロップ漬け。ミルクに入れても美味しいんですよ」

「初めてです。これは、紅茶を注文するとつくんですか？」

「お店には出していないんです。美味しいから飲んでほしくて。杏梨さんには特別です」

「えっ、そうなんですか？　すみません、気を遣っていただいて……」

「気にしないで。私がやりたくてやっていることだから」

「……ありがとうございます」

嬉しいのに、なんだか申し訳ない。もしかしたら由佳里は本気で杏梨を引き抜きたがっているのかもしれない。それだからこんなに親切にしてくれるのではないのだろうか。

　そうだとしたら、杏梨に店に来てほしくて智琉にコーヒーチケットを渡すのは、少々挑発的にも感じられる。そんなことをするような人にも思えないのだが……。

　紅茶を口に含むと、あたたかさが沁みてくる。ほんわりとしたぬくもりは、一瞬由佳里に対して抱いてしまった不信感を溶かしていった。

「どうぞ。サービスです」

　紅茶の横に小さなカップケーキが置かれる。出してくれたのは由佳里の夫の邦明《くにあき》だ。

「でも……」と杏梨が戸惑いを見せると、邦明は如才なく笑う。

「気にしないでください。ランチタイムのコースセットにつけたカップケーキなんです。残っちゃったんで、正直、食べてもらえると嬉しいです」

　杏梨の返事は聞かず、邦明はすぐに由佳里に顔を向ける。

「配達に行ってくる。大丈夫？」

「うん。平気。気をつけてね」

　邦明が配達に出れば店は由佳里一人になってしまう。それを心配しているのだろうが、日常的なことでも相手を気遣えるのはとてもいいことだと思う。

　少し見せつけられたような気さえした。

「じゃあ、藤沢さん、ごゆっくり」

「あっ、カップケーキ、ありがとうございます」

急いで礼を言うと、邦明は笑顔で数回会釈をして厨房《ちゅうぼう》へ入っていった。

追突された事故の影響はどうなのだろうか。本人に目立った怪我はなかったものの、車は修理に出してまだ戻っていないらしい。

逃げるなんて、なんてズルイのだろう。相手に怪我はなかったか心配にはならないのだろうか。考えるとムカムカしてくる。

「追突してきた相手、早くわかるといいですね」

ケーキのカップ型になっている紙を外しながら「いただきます」と口にする。フォークで半分に割ると、中央に生クリームとカスタードクリームが二層になって詰まっていて、見るだけで目が幸せだ。

「だいたい、悪いことをして逃げるなんて、とんでもないです。見つからなきゃいいと思っているなら、その心根がいやらしい」

「ぶつけた人が見つかったら、杏梨さんがお説教してくれそうですね」

二人でアハハと笑い合うものの、杏梨はカップケーキを食べながら続けた。

「お説教は……久我の役目です。わたしはあくまでパラリーガルですからよけいな口出しはできません。相手だって、弁護士に苦言を呈されるならともかく、一介の助手に非難されてもなにも感じませんよ」

「……杏梨さんが……弁護士さんだったらよかったのに……」

フォークが止まる。先日も同じことを言われたのを思いだしたのだ。

事件の解決にあたるのは弁護士の智琉の仕事だ。【ぽえっと】が嫌がらせされた事件を丸く収めたのも智琉なのにどうしてそんなことを言うのだろう。智琉の仕事に不満があったようには思えないのに。

「弁護士事務所で助手として働きながら弁護士を目指す人もいるって聞きました。久我先生も、杏梨さんは優秀な女性だって言っていたし、弁護士になろうとは思っていないのかなって」

知らないところで智琉から称賛されていた事実を知るのは照れくさいが、嬉しくもある。ただ、それによって過度な期待を持ってはいけない。

「わたし、弁護士を目指していたこともあるんですよ」

「それなら……」

「でも、目指すの、やめました。わたしの父が弁護士だったんですけど、被告の味方をして勝訴して、被害者に恨みを買いました……。目の前でそんなのを見て、馬鹿らしくなっちゃったんです。頑張って裁判に勝ったって、誰かに恨まれるだけなんて……。わたしはいやだなって」

由佳里が口を挟む間を与えず、杏梨は一人話を続ける。内容が内容なだけに、暗くならないよう、なるべく軽い調子を意識した。

「弁護士になるのはいやだけど、せっかく勉強してきたことは活かしたいじゃないですか。だからパラリーガルになったんです。うちの久我はそんな経緯をわかってくれて、わたしを受け入れてくれました。安心して、仕事ができます」

顔を上げると、どこかさびしそうな由佳里が目に入る。そんな顔をさせてしまうような話だったろうか。

「……お父様を亡くされて……つらかったでしょう……」

「由佳里さん……」

心にかすかな引っかかりを感じたとき、ガシャンとガラスが割れる音がした。由佳里が慌ててカウンターから出てきて、奥のテーブル席へ走っていった。

「どうしました?」

「すみません、落としてしまって……」

客がドリンクのグラスを落としたらしい。割れたグラスや氷が見えた。

「大丈夫ですよ。あっ、割れたグラス、さわらないでくださいね」

由佳里が片づけに入ったのを見て、杏梨は手伝おうかと椅子を下りる。そのとき……。

「こんにちは、藤沢杏梨さん」

いきなり肩越しに声をかけられ、反射的に振り返った。

「すみません、驚かせてしまいましたか」

腰は低いのに、どこか探るような不躾《ぶしつけ》な視線をよこすのは見覚えのある顔だ。スーツ姿の、ほどほどに整った三十代後半くらいの男性。

「あなた、確か……」

「覚えていてもらえて光栄です。その後、いかがお過ごしかと思いまして」

手紙の文面のような挨拶をするのは、十日ほど前、杏梨に声をかけてきた人材エージェントの男——立木克也だ。

「なにかご用ですか？　転職の件ならお断りしたはずですが」

できれば由佳里の手伝いをしたい。聞く気のない話をされる前に由佳里のところへ行こうとしたが、立木が立ちふさがってきて動きを止められた。

さすがに失礼ではないか。

「でも、アパートが燃えてお困りじゃないですか？　しっかりとした社員寮がある企業の法務部をご紹介できますよ」

「あなた……」

なぜアパートが火事になったことを知っているのだろう。それより、なぜ杏梨がそこに住んでいたことを知っているのかと考えるべきか。

「火事のあとすぐ、藤沢さんを捜したんですよ。お困りだろうと思って。でも見つからないから、もしかして巻きこまれてしまったのかとヒヤヒヤしました。翌日にお勤め先が入っているビルで聞いたら、出勤されているとのことで、ホッとしましたよ」

なれなれしい声が癪《しゃく》にさわる。彼が近くにいるだけでゾワゾワする。

火事の翌日、事務所が入っているビルで杏梨のことを聞いていた男とは立木なのではないか。

標的にする人間を調べるのは当然のこと。杏梨が住んでいるところも、火事に遭ったことも、もちろん勤め先も知っていて、おまけに——故人である父が弁護士だったことを知っているのも……当然……だろうか。

(気持ち悪い……)

ゾワッと、皮膚の下をミミズが這うような不快感が走る。

——この男に関わってはいけない気がした。

「繰り返し申し上げますけれど、転職をするつもりはありません。もう二度と声をかけないでください」

「どうしたの？　杏梨さん」

立木の肩越しに由佳里が見える。片づけは終わったらしく、片手に取っ手が長いちりとりを持っていた。

「あっ、お客様でしたか。すみませ……」

立木が店に入ってきていたことに、今気づいたのだろう。客への対応をしようとした由佳里が、すぐに言葉を止め表情を曇らせていく。立木が振り向くと、大きく目を見開いた。

様子がおかしい。杏梨が口を開こうとした矢先に、立木が先に言葉を出した。

「じゃあ、藤沢さん。また」

ニヤッとして杏梨の横を通りすぎていく。

「また」はいらない。何度同じ話をされても迷惑だ。ドアから出て行こうとする立木にひと言ってやろうと一歩足を踏みだす。

「ですから、わたしは……」

しかし由佳里に腕を摑まれ、言葉が止まった。

「由佳里さん……？」

杏梨を引きとめ深刻な顔をした由佳里は、心なしか腕を摑む手が震えている。

「杏梨さん、今の人に、なにか……」

「あ……人材エージェントの人で、転職を勧められてたんです。断りましたけど」

「人材エージェント……？　そうですか……」

「あの人、ご存知なんですか？」

腕から手を離し、由佳里はちりとりを持って厨房へ入っていく。様子がおかしいのは気になるものの、しつこく聞かないほうがいいだろうか。

椅子に座り直して紅茶に口をつける。由佳里はすぐに戻ってきた。

「……ごめんなさい。会いたくない人に似ていて驚いちゃって……」

「お知り合いではないんですか？」

「似ていただけだと思います」

「そうですか」

深くは追及せず、杏梨は紅茶を飲み干す。由佳里の顔を見たときの立木のニヤついた顔を思いだし、胃酸が上がってきそうないやな胸のムカつきを覚えた。

（知らない……って感じじゃなかったけど）

由佳里はすっかり口をつぐんでしまっている。聞いても答えてもらえる雰囲気ではない。諦めて、杏梨はまた来ると約束をして店を出た。

歩道と車道の区別がない道路を駅に向かって歩く。通行人は少なく、ときどき車が通る程度だ。

事務所へ帰ろうと考えたとたんに、戻るのが怖くなる。仁実はまだ事務所にいるのだろうか。相変わらず智琉にくっついているのだろうか。

もしかしたら、二人でランチに出かけているかもしれない。そう考えると、よけいに戻りたくない。

彼女と楽しく食事をして機嫌がいい智琉なんて……見たくない。

（なにを……我が儘なことを考えてるんだろう）

智琉の機嫌がいいのは悪いことじゃない。仕事だって捗るだろうし、なにより気分よく仕事ができるのは彼にとってはプラスになる。

（先生にとっては、いいことだから）

必死に自分に言い聞かせている気がして、杏梨の迷いは大きくなる。

なぜ、こんなに胸が痛い。

「杏梨！」

名前を呼ばれたというより、叫ばれた。考えごとをしていたせいか声は頭の中で響いたようにも感じられて、現実なのかどうか思考が迷走した。

声は智琉の声にそっくりだった。だが彼は「杏梨」なんて恥ずかしくなる呼びかたはしない。智琉のことばかり考えているから、幻聴が聞こえた？

そんなことを考えた瞬間、身体が吹き飛んだ。

直後、今まで歩いていた場所を猛スピードで車が走り抜けていく。道路に身体が転がっていた。

コンクリートに転倒した衝撃はあるものの痛みは感じない。杏梨を抱きこんだ人物が下になって庇ってくれているからだ。

車が急ブレーキをかける音が二台ぶん重なって聞こえた。ドアが開く音、乱暴な怒鳴り声。

やっと、車に轢《ひ》かれそうになったのだと理解し、冷や汗がどっと出てくる。杏梨はハッとして庇ってくれた人物に目を向けた。

「危なかった……、大丈夫、杏梨さん？」

身体を起こしながら問いかけてくるのは——仁実だ。足が震える杏梨の手を引いて立ち上がらせ、衣服の汚れを払ってくれる。

「角田さん……、どうして、ここに……」

とっさに震える声で口にしたのは、助けてもらったお礼ではなくてなぜ彼女がここにいるのかの疑問だった。

彼女は智琉と一緒にいるはずだ。

「あいつがさ、どうしても杏梨さんを迎えにいくって聞かなくて」

「あいつ……？」

仁実と同じほうを見やると、そこには智琉がいた。黒い車の運転席側に立っている中年の男となにかを話している。

厳しい表情だ。黒い車の前には、まるで進路をふさぐかのように智琉の車が横づけされていた。

「杏梨さんを見つけて、私が声をかけようと車を降りたときに、あの黒い車がスピードを上げて走ってきたの。びっくりした……。智琉が車を追いかけて上手く止めたみたい」

智琉の車の位置を見ると、かなり無理な止まらせかたをしたようだ。一歩間違えば衝突事故だった。なんてことをするんだろう。

通行人は気にはなるが関わりたくない様子で、チラチラと見て通りすぎていく。たまに通る車も、事故現場に見える二台の車をよけながら走っていった。

黒い車はそのままに、智琉が自分の車を道の端に寄せ、こちらへ歩いてきた。

「警察に連絡をしたから、すぐに来るだろう。危険運転で人を轢きかけたのに、そのまま逃げようとした。現行犯だ」

「それはいいけど、あの男、放っておいていいの？」

仁実が気にしたのは運転手の男だ。車の横に立ったままじっとしている。ノーネクタイのスーツ姿だが、堅気の人間ではない雰囲気があった。

「大丈夫。怒鳴り声で威嚇してきたから、それも含めて罪になると説明してある。弁護士だと言ったらおとなしくなった。下手に逃げれば罪を重ねるだけだ」

「轢きかけた……？　〝轢こうとした〟？」

仁実が意味ありげなトーンで尋ねる。智琉はひと呼吸おいて答えた。

「それは、これからだ」

「あの件と……関係あるかな？」

「……ないといいが」

二人にしかわからない会話が……つらい。

智琉と仁実のあいだには特別な空気がある。相手のことを熟知したうえでの信頼感のようなもの。お互いがそばにいることが当たり前。

——胸が、痛い……。

車が突っこんできて轢かれかけたのももちろん怖かったが、二人を見ているのも怖い。

二人の関係を考えるのがいやだ。

交わす言葉が耳に入ってきてつらい。視線を交わす様子を見るのがつらい。

智琉が……仁実に話しかけるのが、……いやだ。

どうして、こんなに卑屈になってしまうのだろう。

智琉の特別な人なのだと感じざるを得ないからだ。今まで智琉がどんなにモテようと平気だったのは、智琉自身が相手に興味を示していなかったから。

でも、仁実は違う……。

「藤沢さん」

やっと智琉に声をかけてもらえた気がして、涙腺がゆるむ。そんな顔を見せたくはなかった。

しかし視線をそらして注意を受けるなんて同じ失敗を繰り返すわけにはいかない。智琉に呆れられるなんて、そのほうが何倍もつらい。

杏梨は智琉に顔を向ける。

「考えごとをしながら歩いていたんじゃないのか？　スピードを上げて近づいてきている車があれば、こんな通りの少ない道なら音や気配でわかる。……まあ、でも、怪我がなくてよかった」

智琉がホッとしているのがわかる。ほぼ動かない表情の中から、それを感じ取ることができた。

心配させるなんて申し訳ない。考えごとで注意力散漫になっていた杏梨にも一因はあるのに。そう思うと、止めるに止められない涙があふれた。

心配させてしまったことを智琉に謝らなければ。それより助けてもらったお礼を仁実に言うのが先だ。

いや、それより……二人で外出していたのはどうしてなのか聞きたい。

二人の関係が恋人関係にあったんだとハッキリとさせられれば……。

考えこむこともなくなるのではないだろうか。

「泣くほど、怖かったのか？」

「え……？　あ……」

涙が頬を伝っていた。それもぽろぽろ流れてくる。こんなところで泣いてしまうなんて恥ずかしいと思っても、止められるものでもない。

頭の中がぐちゃぐちゃだ。智琉は車が怖かったから泣いていると思っているだろう。

でも違う。胸が痛いのだ。

どうしようもなく苦しくて喉の奥が詰まる。上手く説明できないネガティブな感情に支配されて、涙が止まらない。

「怖いのは当たり前」

ふわっと、両腕で抱擁される。杏梨を慰めてくれたのは仁実だった。

「車が突っこんできて、下手したら轢かれていたんだから。怖くないはずがないよ。かわいそうに」

杏梨の髪をゆっくりと撫でる。

——結構……手が大きい。それと……こんな言いかたは失礼かもしれないが、結構逞《たくま》しい……。

「しばらく一人で行動させられないね。心配だもの。そうだ、杏梨さん、真相がわかるまで私と一緒に行動しようか。どこへ行くのも一緒で、行きも帰りもご飯もずっと一緒」

「一緒……え？」

「そんな危険なことをさせられるか馬鹿者。さわるな、離れろ」

智琉に腕を引っ張られ、すんなりと仁実の腕から離される。智琉の声に焦りが混じっていて、あまりにも珍しい反応に驚いて彼を見た。

「でも、車から庇ったのは私だからね。そのご褒美に杏梨さんのお守りさせてよ」

「褒美がほしいなら別のものにしろ。藤沢さんは駄目だ」

「つれないなあ、信用してよ」

「仕事に関してはするが、女性関係に関して信用はしない」

「人を〝タラシ〟みたいに」

「間違っていない」

「女心のエキスパートって言ってほしい」

「なにが女心だ。そんな格好をしているからって、自慢するほどわかるわけでもないだろう」

「少なくとも、智琉よりはわかるよ。泣いてる杏梨さんにハンカチのひとつも貸してやれない智琉よりはね」

延々と続いていく二人の会話に、涙が止まらなくなって、杏梨は両手で顔を覆ってしまっていた。

つらくてつらくて、胸が痛い。

この場から逃げ出してしまいたいほど苦しい。

「そんなに怖かったのか。君らしくないと言いたいところだが、……俺も、怖かった」

目を覆う指先にハンカチがあてられる。智琉が杏梨の片手にそれを握らせた。

「……藤沢さんが、轢かれていたらと思うと、ゾッとする」

意外な言葉を聞いた気がする。杏梨は握ったハンカチを目元にあてながら控えめに智琉を見る。

困った顔で、微笑んでいる。……少し照れくさそうに見えるのは……気のせいだろうか。

仁実がハアッと大きく息を吐いた。

「あのさ、智琉。私のこと、智琉の口から紹介してくれないかな。多分だけど、杏梨さんが泣いているのは怖かったからじゃないよ」

ドキッとする。泣いている理由を悟られるのも困るが、今、智琉の口から二人の関係を聞かされるなんて、心の準備ができていない。

「まあ、いいが……。藤沢さん、改めて紹介する。この角田仁実は……」

(聞きたくない……聞きたくない……聞きたくない……どうしよう、やだ、やだ……聞きたくないよ、先生……)

逃げ出してしまいたい。なにも聞こえないよう、両手で耳をふさいで大声を出してしまおうか。

「俺の、弟だ」

……耳を疑う。

杏梨は目を大きくして仁実に顔を向け、次に智琉を見て、また仁実を見て……、彼女、

いや、彼を指さしながら智琉に顔を向けた。

「……はあ⁉」

大声どころか、とんでもなく素っ頓狂な声が出てしまった。その反応が面白かったらしく、仁実が噴き出し、笑いだした。


智琉に兄弟がいるというのは、先日聞いた。

弟だけが離婚した母親についていったことも。

しかしその弟が女性の姿で弁護士をしているなんて……聞いてない。

「予想外すぎますよ……驚きすぎてリアクション取れません。なんの冗談かと思います。こんなの……聞いてないです……」

「そもそも、言っていない」

マンションに帰ってきた二人。智琉はサラッと言い放ち、リビングのソファに座る杏梨の前にミルクティーを置く。自分のコーヒーカップを片手に、隣に腰を下ろした。

(よ……横に座るんだ……)

突如勃発する不整脈。隣り合って座ったことがないわけではないが、並んだ椅子に座るとか新幹線の座席が隣だとか、そういったものとは感覚が全然違う。

プライベートの彼がすぐ横にいると思うだけで、彼の体温や匂いまでいつもより敏感に感じられる。

（え……？　変態さんですか、杏梨さん？）

自虐しつつミルクティーのカップを手に取る。邪念を払おうと小刻みに頭を振り液体を口に含んだ。

——杏梨に車で突っこんできた男は、金をもらえばなんでもする類のチンピラだった。

男は杏梨をおそらく「轢こうとした」のだ。

溜まり場で初対面の男に声をかけられ、杏梨を脅かすよう前金を渡されたらしい。指定された場所で待機し、指示された背格好の女に向かって突っこんでいったという。間違って轢いてしまってもかまわない……。そんな依頼だったそうだ。

男は、はじめは何も認めようとしなかったが、スマホに杏梨の写真のデータが残っていた。

もちろん、男は「自分は脅かすだけのつもりだった」と主張していたが。

何者かが杏梨を傷つけようとした。殺そうとしたのかもしれない。いったい誰にそんな恨みを買われてしまったのだろう。考えれば考えるほどゾッとする。

智琉と仁実は目撃者でもあったため、三人とも警察署で事情聴取された。杏梨はもうひとつ、火事の件でも聴取を受けたのである。

火事の出火原因がわかった。

アパートに届いた荷物から出火したらしい。配達員ふうの男が杏梨の部屋の前に箱を置いて立ち去った。それを見ていた日出子が、部屋の前に置きっぱなしにするなんてとその荷物を預かった。だから、出火元は日出子の部屋だとされたのだ。ちょうど日出子がお風呂を掃除しているときに出火したらしく、彼女はその瞬間を見ていない。そのため日出子は逃げるのが遅れたし、原因を突き止めるのにも時間がかかった。

送ってくるような人間に心当たりはないか、最近おかしな人間に声をかけられたことはないか。杏梨を狙ったものかもしれないし、無差別の放火魔だった可能性もあるし、ただの悪戯かもしれない。狙いがはっきりしないため簡単な聴取ですんだが、それよりも荷物を預かったばかりに日出子が巻きこまれたのだという事実が心に痛かった。

杏梨が【ぽえっと】に行っているあいだに、事務所に警察が事情を聞きにきたらしい。それを智琉が捕まえ、半ば強引に聞き出したとのこと。智琉が杏梨を迎えにいくと事務所を出たのは、もし杏梨に悪意を持っている人間がいたらと考え、いやな予感に従ったらしい。

いやな予感は的中したのかもしれない。

何者かの指示で、車に轢かれかけたのだから……。

仁実と警察署の前で別れ、智琉と杏梨は直帰した。

事故に巻きこまれたと美雪に連絡をしたのは智琉だったが、二人そろって直帰になったからか妙に心配していたらしい。

『事故、事故ですかっ。杏梨さんは大丈夫なんですか？　疲れている様子だったら、ちゃんと介抱してあげてくださいね。先生がですよっ。いいですね、先生が杏梨さんのお世話をしてあげてくださいねっ』

言われなくても、毎日食事を作ってくれたり身の回りの世話を焼いてくれて、あれやこれやと口うるさく……、もとい、あれやこれやと細かく面倒をみてくれている……。

しかし、そんなに心配してくれるなんて。つくづく美雪はかわいくていい子だなと、思わずにはいられない。

戸締まりは任せてくださいと張りきっていたらしい。しかしそこは責任感が超絶強い智琉のこと。躊躇《ちゅうちょ》なく仁実に様子を見てくるように頼んでいた。

『使いっ走りかぁ。まあいいか、私が一緒じゃ、きっとお邪魔だしなあ』

『邪魔というわけではないが、ついでに増子さんの誤解を解いてこい』

『誤解？　ああ、絶対あの子、私のこと智琉の女かと思ってたよね』

『これだからおまえとは歩きたくないんだ』

『邪魔じゃないなら、あとで智琉のマンションに行ってもいい？』

『邪魔だ』

『無自覚に素直～。智琉はさあ、他人のことには察しがいいのに、どうして自分のことには察しが悪いの？』

『わけのわからないことを言うな』

『はいはい』

別れ際、杏梨に『安心した？　敵じゃないからね、仲良くしてね』と耳打ちした彼。

――心の中を、見透かされているような気がした。

杏梨自身でさえ認められていない、心の奥で湧き出している泉。それが、きっと彼には見えているのだろう。

「仁実さんは、先生と一緒に住んでいたことがあるんですか？」

聞きたくても聞けなかったことが、やっと口から出る。仁実が智琉の弟なのだと知って安心したせいだ。

もしかしたら……と考えていたときは、怖くて聞けなかったのに。

コーヒーカップから唇を離し、智琉は小さく息を吐く。背もたれに身体を預け、無造作にネクタイをゆるめた。

スーツの上着を脱いだウエストコート姿なら事務所でも見るが、ネクタイをゆるめた姿は見たことがない。お酒の席でも気を許さない人だ。

この特別感に気持ちが昂ぶる。

力を抜いて話そうとしてくれている。普段は見せない姿を見せてくれている。……ドキリと胸が高鳴った。

智琉の知らなかった面を知ることができる……。そう思っただけで、胸の奥があたたかくなった。

「俺が実家を出て弁護士になったころ転がりこんできた。あいつは四つ年下で、まだ大学生だったから、金のかからない司法試験対策用家庭教師と同居しているくらいの気持ちだったんだろうな」

「勉強……教えてあげていたんですか？」

「あんなナリだが根性はある。遠慮なくしごいた。弱音を吐かなかったのは褒めてやる」

「……やっぱり、ご飯とか先生が作っていたんですか……？」

「当然だ。あいつ、トーストとカップラーメンとレトルトカレーしか作れない」

それだけ作れたら充分だ……とは口に出せず、杏梨はどんなに智琉にしごかれようと耐え抜いた仁実の気持ちに共感する。

（毎日あんな美味しいご飯作ってもらえるんなら、どんなスパルタでも耐えるよ）

思うに、食事だけではなく身の回りの世話もしてやっていたのだろう。実家にいたころからの習性として、身近にいる人の世話を焼くことは彼の日常になっているのかもしれない。

誰かに食べてもらうために作るほうが作り甲斐があってやる気が出ると言っていた。杏梨に作ってくれる前は、仁実に作ってあげていたのだ。

(弟さんかぁ……)

恋人に作ってあげていたのかと考えたときには胸がモヤモヤした。今はまったくしない。あのときの不快感が嘘《うそ》のよう。

「わたしがいただいた洋服は、仁実さんのものなんですよね？」

「そうだ。父にうるさく言われて一人暮らしをするようになったが、弁護士になりたてのころは『聞きたいことがある』と仕事の相談にきていた。ああ見えても真面目なやつで、書斎の本を引っ張り出しては徹夜をする。当然のように泊まっていくから、洋服やらメイク道具やらが置きっぱなしになっていた」

「たくさん未着用品がありましたけど……、お返ししたほうが……」

「いいや、気に入って買ったはいいが体形的に合わなかったり、かわいすぎて似合わないと判断した末に放置されたものばかりだ。藤沢さんが着てくれるならそれに越したことはない」

「素敵なお洋服ばかりだったから申し訳ないです……。今度、お食事でも奢《おご》らせてもらおうかな……」

「それはやめておけ。ああ見えても女好きだから、油断したら喰《く》われる」

「ひっ……」

弟だと聞いていても、女性姿が頭に焼きついているせいか気持ちに隙ができる。車から庇ってくれたときや抱擁されたとき、女性にはない逞しさを感じていたのに。

仁実は間違いなく男性なのだ。

「女性の格好はあいつの趣味だ。顔つきが母親似で、高校生のときにつきあっていたOLの彼女に女装をさせられて、それで癖になったらしい。社交的なのも手伝って女性とはすぐ仲良くなれる。藤沢さんのように気を許すと……あっという間に〝男〟になるから、気をつけなさい」

「はい……すみません」

智琉が仁実に向かって「女性関係に関して信用はしない」と言っていた。からかっていたのではなく、本気だったようだ。

見た目は女性でも、心は完璧に男性らしい。

そう考えると、いまさらながら抱擁されたり助けてもらったときに身体が密着したりしていたのが恥ずかしい。女性だと思っていたため、なんの警戒心もなかった。

「まあ、あの趣味もまったく役に立たないわけじゃない。あいつはLGBTQ関係に強い弁護士だ。籍を置いている法律事務所では、重宝されている。正直なことを言えば所長はあの趣味をよく思っていないんだが、専門分野で活躍しているので黙認して……、藤沢さん？」

　肩をポンッと叩かれ、虚をつかれた身体が跳び上がる。手に持っていたティーカップがガチャンと音をたて、ソーサーにミルクティーをこぼしてしまった。

「あっ……！　すみませ……」

「大丈夫か。手にかからなかったか？」

　慌てる杏梨に反して、智琉は冷静にソーサーごとティーカップを受け取る。自分のコーヒーと一緒にローテーブルに置き、杏梨の手を取った。

「手は大丈夫みたいだな」

「は、はい……大丈夫で……」

（先生の手……大きい……）

　自分の手に視線が釘づけになる。智琉の両手にのせられた杏梨の手が緊張で固まった。

　先程から頬が熱い。きっと赤い顔をしている。心なしか手のひらまで赤みがさしてきたように見えて、顔から蒸気が出ているのではないかと思うくらいの熱さを感じた。

「真っ赤になっているから、どうしたのかと思って声をかけたんだが。考えごとをしていたのか？　跳び上がるほど驚かせてすまなかった」

「いいえ……すみません。わたしが悪いんです。……恥ずかしくなっちゃって、つい……」

「仁実を女性だと勘違いしていたのが恥ずかしいのか？　あれは無理もない。君が気にする必要は……」

「そうじゃなくて……泣いてしまったときに慰めてもらって、そのときに……」

「不用意に君の身体にさわっていたことか。そうだな、思いだしたら恥ずかしいだろう。それについては改めて謝らせるから」

「先生が……『さわるな、離れろ』って言ってくれて……。あれは、仁実さんが男だってわかってるから言ってくれたのかなって……」

淡々と返してくれていた智琉の言葉が止まる。沈黙は羞恥の天敵だ。よけいに恥ずかしくなる。そのせいか思うより先に言葉が出た。

「それなら嬉しいなって……思ってしまいました。先生が、わたしを男の人から守ってくれようとしたのかなって……」

自惚れが混じってしまった。こんなの「俺のパラリーガルを庇っただけだ」と言われて終わりだろうに。それより「藤沢さんでもそんな女性らしいことを考えるんだな」と言われるのがオチかもしれない。

恥ずかしいことを口にしてしまった。そう思った瞬間両手を軽く握られ、大げさなくらい身体が震えた。

「せ……先生……」

「ん？」

「手を……」

「なんだ？」

「放して……ください」

「断る」

「は……？」

なぜ断られてしまったのだろう。握ってくる手にはさらに力が加わって、より智琉の手の感触が伝わってくる。

（どうしよう……不整脈……）

智琉が杏梨を庇ってくれたのかもしれないと思いはじめたときから、通常時とは違う鼓動の速さを感じていた。それがさらに大きく速くなっている。

（先生の手……あったかいな……）

怜悧《れいり》な彼に、手があたたかいイメージはない。けれど実際は、こんなに沁みこんでくるほどあたたかいのだ。

（どうしよう……熱が出てきたんじゃないだろうか……）

顔だけではなく身体まで熱くなってきた。風邪をひいたのか。車に轢かれそうになったという精神的なショックで熱でも出たのだろうか。

──違う……。先生に、手を握られているからだ……。

わかっている。わかっているのに、それを認めたがらない自分がいる。本当にそうだろうかと疑う自分がいる。

素直に認めてしまえば楽になるのに。不安で……怖いのだ。

「先生……お願いですから……。手を、放してください」

「理由は？」

「……不整脈が……ひどくて……。心臓が爆発しそうです」

「不整脈？」

「ここにきてから……不整脈が起こるようになりました。具合が悪いわけじゃないのに、急にドキドキして……胸が……ギュッとなるんです」

もっとわかりやすい言いかたはないものか。

「俺は、藤沢さんの手を放したくないから握っている。それと不整脈と、なにか関係があるのか？」

「先生にさわられると……不整脈が起きるんです……」

失礼だろうか。不調の原因が智琉だと言っているようなものだ。

──いや……おそらく、智琉のせいなのだ……。

「仕事中では見られない先生の表情とか、仕草とか……。日常的に何気なく触れただけでも……、不整脈が起きるんです。だから、こんなに手を握られていたら……心臓……止まっちゃいます」

完全に智琉を悪者にしてしまった。怒るのではないだろうか。または、体調不良だと病院に連れていかれる可能性もある。

病院なんかでは治らない。そんなの、杏梨自身が一番よくわかっている。

わかっていても、認められないだけだ。

「……これは、認めざるを得ないようだ……」

「えっ？」

不整脈とは違うドキリに襲われる。認める認めないの葛藤を読まれてしまったように感じた。

「仁実が、俺は自分のことになると察しが悪いと言っていたが、それは間違いだ。察してはいたが認めてもいいか迷っていた。認めたら困らせるのではないか。認めたら、いなくなってしまうかもしれない。そんなよけいなことを考えた。だが、心配しなくてもいいようだ」

握られていた手が放される。消えていく彼の手の感触に後ろ髪を引かれた瞬間……身体が引き寄せられ、広い胸の中で抱き締められた。

「好きだ。杏梨」

──耳を疑う……。

今のは、聞き間違いだろうか。

それとも、自分の願望だろうか。

そもそも聞き間違いなら、なぜ智琉に抱き締められているのだろう……。

「自分の気持ちをさらしては、君が困るだろうと思った。そうしたら俺は、君を手放さなくてはならなくなる。それがいやで、気づかないようにしてきた。気づいていないふりをしてきた。けれど……杏梨も同じ気持ちならば、俺は杏梨を好きだという気持ちを認めてもいいんだと思える」

「せ……せんせっ……あのっ……」

ちゃんと言葉を出そうとしているのに、慌てた声しか出てこない。我ながらみっともない。けれど頭が混乱して、どう対応したらいいのかわからない。

「聞き間違い……じゃない、ですよね……あのっ」

「聞き間違い？　俺が杏梨を好きだと言ったことか？」

「ひゃっ……！」

驚きのあまりおかしな声が出てしまった。智琉の胸に抱き締められたまま身動きできないうえ、真上から彼の囁《ささや》き声が落ちてくる。それがまた、仔猫でもあやすかのような優しい声なのだ。

「聞き間違いじゃない。パラリーガルではなく、一人の女性として杏梨が好きだ。同じ気持ちだと知ったからには我慢しなくていいだろう？」

「お、同じ気持ちって……わたしは……」

「杏梨も俺が好きなんだろう？」

「ひぁあっ……」

またもやおかしな声が出る。一応尋ねるトーンではあったが、間違いないという確信が漂っている。

「不整脈とは、都合のいい言い回しだ。俺が原因で不整脈が起こる？　大歓迎だ。心臓が止まりそうになって泣くくらいドキドキしてもらいたい」

「そ、それは、イジメでは」

「好きなんだろう？」

これは、杏梨の口から聞きたいということだろうか。間違いなく彼は返答を求めている。

(先生のこと……わたし)

遠慮なく胸を叩く鼓動に負けず、この状況を考えようとする。智琉が杏梨のことを好きだと言ってくれたことが、夢の中で聞いたことのように現実みがない。

だがこれは現実なのだ。彼の腕に抱き締められている。彼の胸に密着して、その感触に蕩《とろ》けそうなのを必死に耐えている。

認めていいのだ。肯定すれば智琉の迷惑になってしまうのではないかと悩んだ気持ちを。

これが本当に〝恋〟というものなのかわからなかった。自信がなかった。それだから、不整脈だとごまかしてきた。

（わたし……先生が……）

「……好きです」

ポツリと言葉に出してみる。頭から蒸気が出ているのではないかと思うくらいカアッと熱くなったが、一度口に出すと、もう一度言葉にしたいという欲求が湧き上がった。

「わたし、学生時代なんて勉強ばかりで……男の人に興味なんて全然なくて、好きなアイドルとか俳優なんかもいなくて、好きな人なんてできたことがなかった。それだから……先生に感じている気持ちも、尊敬とか信頼とか、そんな言葉に置き換えていたような気がします。きっと、もっとずっと前から、先生のこと意識していたんだと思う……。だって、なにかあっても絶対に離れたくないって思ってた。だから、引き抜きの誘いを受けても、そういった話題を振られても、断るしか選択肢がなかった」

肝心なひと言を言いたいだけなのに、言葉が出てきて止まらない。一人で胸の奥に溜めて迷っていたことを、すべて吐き出してしまいたかった。

「仁実さんの存在を知ったとき、悲しくて苦しくて堪らなかった。訪ねてきたことを言うのを忘れていたなんて嘘。言いたくなかったんです。女性ものの洋服が部屋に置いてあったことで、女性と同棲していたんだって思いこんでいて、それが仁実さんなんだと勝手に決めつけて、勝手にモヤモヤして。二人のあいだに漂う特別な絆《きずな》のようなものがつらかった。だから、泣いてしまったんです……」

二人のあいだに特別ななにかを感じたのは当然だ。兄弟で、おまけに同じ仕事をしているのだから。話が通じ合っていても、仲が良くても、やきもきする必要はなかった。

「車に轢かれそうになって、怖かったのだと思った」

「もちろん怖かったのもありましたけど……。でも、それが二の次になってしまうほど、先生に特別な人がいるんだってことが怖かった」

杏梨は言葉を止めて、これから出そうとするセリフに備える。舌で唇を潤し、唇を引き結んで小さく空気を呑みこんだ。

「男の人を……好きになったことなんかなくて……。だから、この気持ちが本当に特別なものなのかわからなくて、違ったら恥ずかしいだけだなんて考えると……怖くて。でも認めていいんですよね。先生が……好きだって」

「当然だ。俺が認めたんだから、君も認めなさい」

なんだか嬉しくなって「へへっ」とおどけて笑いながら顔を上げる。——照れくさそうに微笑んだ智琉がそこにいて、本当に心臓が止まりそうなくらいときめいた。

「せ、せんせいっ、それ、駄目ですっ」

「なにが?」

「その顔っ、反則です、卑怯です、そんな顔されたら、不整脈がひどく活発になってエクトプラズム吐きながら倒れますっ」

「よくわからない」

「とにかく、先生は顔がよすぎるんですから、自覚してくださいっ」

「している」

「……そんな顔……、あちこちでしないでくださいね……。これ以上モテたら……どうするんですか」

なんだか照れくさくなってきた。意識しなければ注意しているくらいの気持ちで言えることなのに、今このタイミングで言うと杏梨が我が儘を言っているように感じてしまう。

「しない」

顎に智琉の手がかかる。顔を固定されたまま、常日頃「よすぎる」と言い続けている顔が近づいてきて……。

——唇が、重なった。

なんとなく予感はあったものの、本当にキスをされてしまうのか確信が持てず、杏梨は目を開けたままなら唇も硬く閉じたままだ。本当に唇が触れて思考が止まる。

「……すまない」

智琉が軽く唇を離す。

「お互いの気持ちがわかったことだし。せっかくだから、キスしていいか？」

「さっ、先に言ってくださいっ」

頭が動き出したとたん、猛烈な恥ずかしさに襲われる。なにを言ったらいいのかどうしたらいいのか、迷うばかりで焦燥感がすごい。

「勉強ばっかりの青春時代と仕事ばかりの二十代前半を過ごすと、こんなに鈍くなるんだな」

「鈍いとか言わないでくださいっ。……鈍いけど……」

鈍いというか、わからないが正しい。そして自信がない。今だって、智琉が導いてくれなかったら自分の気持ちにさえ勇気を持てなかった。

「杏梨が、鈍くてよかった」

「どうしてですか……。というか、いきなり普通に名前呼び……なんですね。自然すぎてびっくりです」

「いきなりではない。杏梨に車が突っこんでいったとき、慌てて叫んだ」

「車がつっこんできたとき……？」

そういえば「杏梨！」と叫んだ声が聞こえた。そのあとのことで考える余裕もなかったが、あれはやっぱり智琉の声だったらしい。

「気がつかなかったのか？　鈍いな」

「す……すみません……」

「鈍くてよかったと言ったのは、そのおかげで、いままで好意を持った男が近づいてきても気がつかなかったんだろうって意味だ」

「好意なんて、そんなのは」

「杏梨はかわいいから、絶対そんなこともあったに違いない。鈍くてよかった」

「……先生、鈍いって言いすぎです」

ちょっと文句が出るものの、いやな気分どころかくすぐったい。智琉の口調がどことなく楽しそうで、杏梨が今までに向けられていただろう好意に気づいていなかったことを喜んでいるように思える。

だから、杏梨もはにかんだ笑顔になった。

「鈍くてすみません。本当に……なにもわからなくて。さっきだって、キス……されても反応できなくて。目を閉じたほうがよかったんですよね」

結構真剣に言ったのだが、智琉にはクスリと笑われてしまう。その微笑みがまた秀麗で見惚れずにはいられない。

「大丈夫だ……」

顎に手を添えたまま、親指が唇を擦っていく。無意識に震えが走り、そんな自分の反応に驚いた。

「俺が教えてやるから」

指が離れ、また唇が触れる。今度こそ目を閉じようとするのに、緊張しているのかまぶたがピクピクするばかりだ。

すぐ目の前に智琉の顔がある。彼はまぶたを閉じているのに視線を感じる。彼に囚われている感覚が脳にビンビン伝わってきた。

（先生の顔……綺麗）

こんなに間近で見られるなんて夢のようだ。常々「顔はいい」と強調していたが、基本的に智琉の顔が好きなのだ。

綺麗な顔が好きとか、イケメン以外お断りとか、そういうことではない。綺麗な顔が好みなら、仁実にも好意を抱くことになる。

智琉だから……好き。

まぶたの緊張をゆるめたまま、うっとりと智琉の顔を見つめる。優しくついたり離れたりを繰り返す唇から、頬のあたりまで熱が広がってくる。そのうちに智琉のまぶたがかすかに開き、ドキッとした。

長いまつ毛のあわいから覗く瞳が「目を閉じなさい」と言っているように思える。慌てて強くまぶたを閉じると、下唇を唇で食まれてビクッと身体が震えた。

「そんなに震えるな。かわいいから」

抱き締められたまま身体がゆっくりと倒れていく。ソファの座面に背中がつくと、唇もより密着した。

自分の唇と擦り合わさっているのが智琉の唇だなんて、まだ信じられない。これは夢ではないのだろうか。

「ん……先、生……」

見えない智琉の存在を確認したくて、キスの合間に声を漏らす。妙に鼻にかかった声になっていた。

身体がふわふわしておかしい。心地よくて、あたたかい。

ときどき強弱をつけて吸いつかれ、そのたびに身体が小さく震えてしまう。震えるなと言われても自分では止められない。

案の定、クスリと智琉に笑われた。

「そんなに震えられたら、ここでやめたほうがいいのかと迷うんだが」

「す、すみません、震えないようにします。……っていっても、自然に震えてしまうんですけど……」

「正直に言ってくれていい。俺にこうやって触れられるのは、いやか?」

杏梨は小さく首を左右に振る。

「いやじゃないです。それどころか、ふわふわして心地いいです。なんていうか……すごくドキドキしてるんですけど、苦しくないんです。不整脈だと思っていたときとは全然違う。胸からほわっとあたたかくて……」

「そうか。よかった。それなら、もっとさわっても大丈夫か？」

「あ……はい、大丈夫です」

むしろ、こんなに心地いいなら、もっとキスしてほしい。

ようやく彼を好きだと認められたのだ。好きな人にだけ感じるドキドキを、もっともらいたい。

口には出せないながら、そんなことを考えてしまって一人で照れた。

今度はちゃんと最初からまぶたを閉じよう。決意も新たに待ち構えていたが、智琉は杏梨から離れソファから下りた。

「ここじゃ落ち着かないから移動する」

抱き上げられて「きゃっ」と小さな声が漏れる。お姫様抱っこは二回目だ。前回は体重を確かめるために抱き上げられただけだったが、今回は雰囲気が違う。

今回のほうが身体の密着度が高い。ほぼ智琉に寄りかかっている感じで、許されるなら彼の肩に抱きついてしまいたかった。

（自分からそんなことしていいのかな。ちょっといやらしいよね。先生にいやらしいって思われるのもいやだし……）

　欲望と理性が互いの様子を窺いながら睨《にら》み合っている。思うままに抱きつけたらどんなに嬉しいだろうとは思えど、そんな恥ずかしいことしないほうがいいという気持ちに制止をかけられる。

「どうした？　またなにか考えごとか？」

　ふと気づくと、薄暗い部屋に移動していた。ここは智琉の寝室だ。杏梨はベッドに寝かされた。

「杏梨は考えながら微妙に表情が変わるから面白い。自分で気づいていないだろう？　今も深刻そうになったりにやけたり、面白かった」

　楽しそうにしながら、智琉はネクタイを引き抜きウエストコートを脱ぎ捨てる。杏梨のブラウスのボタンに手がかかり、今になってやっと、そういうことなのだと、知識しかない性的なことをするのだと思い至った。

「せんせいっ、あのっ、これっ」

「ん？　いやか？　もっとさわって大丈夫かと聞いたが？」

　キスのことかと思っていた。あれはこういう意味だったらしい。さすがに性急ではないか。いや、智琉くらい大人の男性だと気持ちが通じてすぐに身体の関係を持つのも、当たり前なのかもしれない。

が、杏梨は少し戸惑ってしまったのだ……。

「いやじゃない、ですけど……、今、好きだって言ったばかりなのに、これは順序という か経過的にはいいんでしょうかっ」

……我ながら、なにを言っているんだと思う……。

十代のころに読んだ少女漫画は、好きだと告白してからキスやそれ以上に至るまでそれなりの期間があった。少女漫画と現実を同じに思っているわけではないが、実際に体験したことがないので比べるものがない。

類は友を呼ぶという言葉そのままに、学生時代に仲の良かった子たちは恋より勉強というタイプで、実体験の話というものを聞いたことがないのだ。

「なるほど」

ボタンを外したブラウスから手を離し、智琉は身体を起こす。ベッドに膝立ちになり腕を組んで、いつも事務所で見る久我智琉弁護士の顔をした。

「つまり君は、告白をしてから男女の関係に向かうステップを気にしていると、そういうわけだな？　見つめ合い、手を繋ぎ、抱擁できるようになってからお互いじれったく想いながら日々を過ごしやっと唇を重ねるに至る。そういった幼稚園児のような交際を経験したいと……」

「十代！　先生、せめて青春真っ盛りの十代にしてくださいっ」

「ずいぶんと幅広いが認めよう。しかし、そうなるとこの先の行為はかなりお預けになるし、君が『心地いい』と表現してごまかした気持ちのいい行為も、段階を踏むまでできない。それでもいいか」

「……せんせい……被告になった気分です……」

追い詰めかたが鬼畜だ。こちらの意見を認めてホッとさせておきながら、言いにくい事実とごまかしまで見破り、選択を迫る。

「意地悪ですね……」

智琉から視線をそらし、ついポツリと呟いてしまった。ボタンを外したまま放置されたブラウスの前をいきなり広げられ、驚きのあまり視線が戻る。

「無自覚に煽るから困る。君の答えを聞く前だが、俺としてはお預けはごめんだ。そんな顔で『意地悪ですね』とか言われてお預けされた日には、君を鬼畜としか思えなくなる」

(鬼畜は先生でしょぉっ!)

とは思っても言葉にはならない。智琉が初めて見る表情をしている。どこか焦りの見える、余裕のない顔……。

杏梨を求めてこんな顔を見せてくれているのなら、とんでもなく嬉しい。

「わたしも……お預けはいやです。せっかく、先生が……こんなに、わたしのことで感情を動かしてくれているのに」

唇に智琉の人差し指があてられる。言葉を止めると、大好きな顔がスッと近づいた。

「気持ちよくなるまで、キスするか。それ以上のこともするけど、いいな」

智琉を見つめたまま首を上下に振る。指が離れたので、杏梨は素直にまぶたを閉じた。

「それとひとつお願いだ。唇が離れたら……先生ではなく、名前で呼んでくれ」

唇が重なる。顔を動かしながら吸いついてくるキスは、先程までとはまったく違う激しさがあった。

激しいけれど苦しいわけではない。彼が顔の角度を変えるたびに唇が開き、呼吸のタイミングを教えてくれているよう。

すべて初めてで戸惑うだろう杏梨を、彼は上手く導いてくれている。戸惑わないよう。

……後悔しないよう。

（先生の唇、気持ちいい……）

擦り合わされる唇の感触に酔いながら、ひとつの迷いが杏梨の中で蠢《うごめ》く。彼は唇が離れたら名前で呼んでくれと言っていた。

これは大変なことだ。

名前で……つまり、「先生」禁止ということ。

名前で呼べと言われたからには「久我さん」と苗字でお茶を濁すわけにもいかない。

――――智琉さん。

（えっ、えっ、恥ずかしいんですけどっ！）

羞恥がぶわっと湧き上がった瞬間、舌をさらわれジュルッと吸い上げられる。驚いて大きく目を見開いてしまった。

「なに考えてるんだ？」

ひたいをポンッと叩かれる。考えごとをしているといつも智琉に見破られて、どうしてわかるんだろうと気まずくなっていたものだが、常日ごろ見つめていてくれたからだと考えると悪い気はしない。

杏梨は正直に答える。

「あの……なんて呼ぼうかって……」

「名前で呼べと言った」

「そうなんですけど……」

「唇が離れたら呼んでくれと言ってあったな。じゃあ、頼む。俺は引き続き脱がせているから」

「えっ、あ」

名前呼びのことで考えこんでいるあいだに、キスをしながら着々と服を脱がされていたらしい。ブラウスを脱がされ、ブラジャーを外される寸前だった。

「く……久我、さんっ」

「アウト」

スルッとブラジャーを取られる。とっさに胸を隠そうと動いた腕の両手首を掴まれ、ひとつにまとめて頭の上で押さえられた。

「隠すのも、アウトだ」

「ひぇ……」

まぶたをゆるめて、叱る口調が怖い。恐怖で怖いのではなく、艶っぽすぎて怖い。これは無理だ。せり上がってくるムズムズしたものに負けて、上半身をうねらせてしまった。

薄暗いとはいえ顔が見えているのだから身体も見える。なにも纏《まと》わない上半身を見られているのだと思うと、なぜか下半身がむず痒《がゆ》くなる。

「やはり全部脱がせてからのほうがいいか」

なにかを決めたらしく、智琉の空いているほうの手がパンツのウエスト部分にかかる。

杏梨は慌てて言葉を吐き出した。

「智琉さんっ」

智琉の手がピクッとして止まる。手首を押さえていた手も離れてホッとしたのも束の間、容易くショーツごとパンツを脚から抜かれてしまった。

口は大きく開くが言葉が出てこない。なにを発したらいいか悩ましい。「きゃあ」と悲鳴をあげてはいやがっているようだし、「いきなりなにをするんですか」では無理やりこういうことになっているかのようだ。

　杏梨はせめてもの思いで両腕を身体の前でクロスさせて胸を隠し、身体をひねって智琉の視界から下半身を逃がす。

「いきなり全部は……」

「もう少しゆっくり脱がせようかとも思ったんだが、杏梨に名前を呼ばれたら昂ぶってどうしようもなくなった」

　身をよじる杏梨を見ながら、智琉はシャツを脱ぎ捨てる。薄闇に浮かぶ半裸体が見てはいけないもののようで、さりげなく視線をそらす。

　それでも、見たい、と欲望が視線を戻そうとする。すると、肩を摑まれ身体を戻された。

「俺は杏梨を見たいんだが。見せてくれないのか?」

「見たい……ですか?」

「杏梨だから、見たい。俺しか知らない杏梨を見せてくれ」

　胸の奥に、深く深く矢がつき刺さった気がした。こんなことを言われて、なんの抵抗ができよう。

　クロスさせていた腕をゆっくりと外し、下半身を戻す。智琉と視線を合わせると彼は嬉しそうに微笑んでくれた。

「俺しか知らない杏梨を見られて、嬉しい」

きゅんとするとはこういうことかとわかるくらい、胸の奥であたたかな感情が飛び跳ねる。嬉しそうな微笑みが素敵すぎて、その表情をどうにかして保存しておけないかと考えてしまう。

「俺しか知らない杏梨を見るのは二度目だ。五年前、雨の中で泣いていた杏梨も、俺しか知らない」

唇が重なる。今度は考えごとはしないで智琉の唇にだけ集中した。

柔らかな感触。怜悧な見た目からは肌さえも冷たそうなイメージなのに、智琉の唇はとてもふくよかであたたかい。口腔《こうこう》内に舌が滑りこみ、歯列をたどって歯茎を撫で、頬の内側から下顎へ、恥ずかしいくらいに杏梨を感じようとする。

「ハァ……ぁ」

唇から漏れる吐息に色がつく。自分ではただ息をしているだけなのに、甘えるようなトーンが混じった。

舌先で口蓋を擦られるとゾクゾクする。思わず肩を寄せて智琉の上腕を両手で摑んだ。手のひらに伝わるのは彼の肌の感触、筋肉の硬さ。それを感じるだけで体温が上がっていく。

「ああ……ンッ、ん」

手のひらが気持ちいい。もっとこの肌の感触を楽しみたくて、杏梨は腕を摑んだまま前後左右に撫でた。

「杏梨の手つき、なんだか卑猥《ひわい》だな」

「卑わっ……」

出された言葉にたじろぐ。そんなつもりではなかった。どこにそんな要素があったのだろうか。

「腕……さわると気持ちよくて、つい……」

「そうか。それなら俺も、気持ちのいいものをさわろう」

胸のふくらみを両手で覆われ、撫でるように動かされる。もったいぶった手のひらが胸の頂に触れて、そのたびにおかしな刺激が走った。

「さ……智琉さ……」

「わかってる」

大きな手の指がふくらみに喰いこんでいく。強弱をつけて揉み動かされているうちに、だんだんと胸全体が熱くなってきた。

「あ、ぁ……」

熱が広がって、トロトロと流れ落ちていくよう。腰の奥にそれが溜まり、もどかしさが募っていく。

「智琉さ……」

「さわっているとすごく気持ちいい。杏梨も気持ちよさそうだから、もっとさわってやる」

「わたしは……ひゃっ」

片方を揉みしだきながら、もう片方の頂に智琉の舌が絡みついた。先端を避けながら舌をぐるぐると回し、チュッと吸い上げる。その刺激をどう表現したらいいのかわからない。ゾクゾクするのに……もどかしい熱が流れてくる。

「ハァ……ぁ、あっ、ぅん」

片手の甲を口元にあて、首を左右に振る。智琉は舌を休めることなくその動作を繰り返し、ふくらみを堪能していた手の指で先端をつまんだ。

くりくりと揉みたてられ、伝わる刺激のままにもどかしさがあえぎになってこぼれていく。

「あっ、ぁ……や、そこぉ……くすぐった……ぃ」

「くすぐったい？　本当に？」

「わからな……ぁぁっ……」

確かにくすぐったい。柔らかなふくらみを揉み動かされて、舌でなぞられて軽く吸われて。広がる刺激、流れ落ちる熱。もどかしさ……。

どう表現したらいいのかわからない。自分のことなのに情けないけれど、学生時代にどんなに勉強したって、こんな刺激的なものをどう表せばいいか不明だ。

「気持ちいいんだろう、杏梨」

「きもち……いい？」

「ほら、ここが気持ちいいって言ってる」

くにゅっとつままれたのは、両方の胸の先端だ。小さな突起が智琉の親指と人差し指にくにくにと揉み潰されている。

「や……ぁンッ……それ……」

「いつもはもっと小さくておとなしいだろう。それがこんなに大きくなっている。見てみなさい」

ここでの命令形はズルい。智琉にそんな言いかたをされたら、パラリーガルの習性としてボスに従い、見る以外に選択肢がない。

素直に視線を落とすと、智琉の指につままれたふたつの突起が見える。膨らんで色濃く染まったそれは、入浴時に鏡で見るものとはまったく違っていた。

「女性も気持ちよくなるとココが勃《た》つ。大きくなって、硬くなる」

「その言いかた……ぁっぁ、やっ……」

物申したいところだが、先端から流れてくる刺激がそれをさせてくれない。じりじりとした疼《うず》きはどこかむず痒くて、くすぐったさではなく違う感覚になってきている。

硬くなった突起を頂に押しこめては引っ張り出し、指の腹で擦り回す。

「やっ……あぁぁん、胸、むねぇ……」

「素直に感じられてイイ子だ」

ふくよかな唇が凝《しこ》り勃った突起を食み、甘噛みする。強い刺激が落雷のように腰の奥を突き抜け、杏梨は思わず腰を浮かせた。

「あああっ、あっ……！」

ちゅばちゅばとしゃぶりつかれているところから官能が広がっていく。落雷に貫かれた腰の奥が痺《しび》れて重くなってくる。切なくて腰を上下に動かすと、お尻の下のシーツに不自然な冷たさを感じて動けなくなった。

胸から発生する熱で頭がぼんやりする。智琉に片膝を立てられ内腿《うちもも》を撫でられて、とんでもなく恥ずかしい部分をさわられるのではという予感がするのに、なにもできない。

予想どおり、彼の手は秘めやかな部分で指を動かす。上へ下へ、とても滑らかな動きで高みへ導いてくれそうな心地よさだった。

ただ気になるのは、指が動くたびに、くちゅっくちゅっと粘りけのある音が聞こえてくること。

「もぞもぞ動いているから、そうかなとは思ったけれど……。やはり最初に全部脱がせたのは正解だったな」

「なんか……たぷたぷしてます……ね？」

「たぷたぷというより……ぐちょぐちょ？」

「……その言いかたのほうが卑猥ですよ」

先程の仕返しとばかりに言われたのと同じ言葉を返すが、直後、彼の指が秘裂の中で潤いをかきすくうように動きだした。

「あっ……や、ぁっ」

智琉が口にしたそのままの淫音が響くのはもとより、指が動くたび潤いと一緒に粘膜をもかき乱し、いちいち電流を流されたかのような刺激が発生する。

「あっ、あ……やっ、ビリビリす……ぅんンッ……」

「これだけ濡れてくれるなら、問題ない」

もう片方の膝も立てられ、身体を下げた智琉が指に弄ばれる秘部に顔を近づける。これはさわられるのとは違う恥ずかしさがある。杏梨は両手で智琉の頭を押す。

「だ、ダメ……智琉さ……」

「なぜ？」

「恥ずかしいし……」

「俺しか見ない」

頭を押す杏梨の片手を取り、智琉はその手のひらに唇をつける。

「俺だけに、見せてくれないか」

そのまま視線をくれる表情に、胸の奥ではときめきが大爆発した。これが俗にいう「きゅんきゅんする」というものならば、「きゅん死」の意味も今ならわかる。

そもそも、あの久我智琉が、こんなおねだりするような顔をするなんて。国宝級の出来事だと思わずにいられない。

「ど……どうぞ……」

反抗する力をゆるめると、智琉に取られていた手を内腿に置かれる。もう片方の手ももう一方の内腿に置かれた。

「手はここ。俺がいやなことをしたら、すぐに頭を押さえられる」

「押さえません……」

今まで押さえてたくせに。智琉に言われそうなことを先に自分で自分に意見する。しかし彼はなにも言わず……潤沢な秘部に唇をつけた。

「あっ……！」

食べるように唇を動かされ、一緒に舌も動く。秘部でぬるぬると蠢くそれを感じるたびお尻がキュッと締まりお腹の奥がずくずくした。

「ハァ……あっ、あぁっ」

強い刺激ではないのに官能が騒ぐ。体温が上がって腰の奥にもどかしいものが溜まっていく。淀《よど》んだそれはどこか危なげで、そのうち弾けてしまいそう。

舌で膣孔《ちっこう》の上を擦られ入口を舐《ねぶ》られる。それだけなのにへその裏まで疼き、むず痒くなった。

「ダメ……あっ、おなか……熱い……、あぁぁンッ」

指が陰核の周囲をなぞり、粘膜をつまむ。今までとは違う刺激が走って腰が跳ねた。膣孔の入口で舌を遊ばせながら、たっぷりと愛液を絡めた親指がもっとも敏感な突起の表面を擦る。

「ンッ……や、ダメ……それっ……」

腰がもじもじと左右に揺れ、足が細かくシーツを擦る。力を入れているわけでも乱暴にされているわけでもないのに、痛いくらいの愉悦が走る。

弾けたがる官能が地団駄を踏んでいるかのよう。何度も腰が跳ね、そのたびに快感の突起をチクチクと指で擦られ愛でられる。

「智琉さ……ンッ、ダメ、なんか……なんか、バンって、キちゃ……ぅ、ああっ！」

蜜口を強く吸引され、同時に秘芽をすり潰される。強烈な愉悦がなすすべもなくせり上がり弾けた。

「やぁ……ああっ！　あぁっ――――！」

背中を反らし、下半身が固まり息が止まる。息を吹き返すのと同時に力が抜けてシーツ

に身体が落ちた。

「あ……ハァ……ぁ、ンッ……」

上がる息が震える。今のとんでもないものはなんだったのだろう。本当に身体が弾けてしまうかと思った。

「バンって、キたか？」

上半身を起こした智琉がニヤリと笑んだのが見えた……ような気がする。今の「バンっ」の余韻で頭が少しぼうっとする。その頭で「ニヤリとした顔、ハッキリと見たかった」と思ってしまった。

「キま……した、ハァ……」

「どうだった？」

「身体……トんじゃうかと……思った……」

「それはいいな。杏梨はコッチの学習能力も高いようだ。脚もしっかり押さえていたし」

「脚……？」

目を向けると、内腿に置かれていた手がしっかりと脚を押さえている。それどころか興奮のあまり外側に引き、自ら大きく股を広げていた。

「も……恥ずかしいなぁ……。智琉さんの頭、叩けばよかったですよ……」

「叩かれたぐらいじゃやめない」

杏梨の胸の頂にチュッとキスをして、智琉はベッドを下りる。

「イイ子だから、そのまま待っていなさい」

「このまま……」

脚を押さえたまま、だろうか。こんな恥ずかしい体勢で放置されると考えると、じわじわと羞恥心に苛まれる。

チラッと智琉を見ると、彼はクローゼットの中に入りすぐに出てきた。口になにか小さなものを咥《くわ》えながらトラウザーズを脱ぎはじめた。

なんだろうかとは思ったが、智琉が全裸になるのをジッと見ているのもどうかと思い顔をそらす。間もなくしてベッドに戻ってきた。

「本当にこのまま待っているなんて。どこまで素直なんだ」

「え？　あっ……」

智琉を見ていたせいで、内腿を押さえた手がそのままだ。大開脚したまま彼を待っていたことになる。

同じことを考えたのか、智琉がクスッと笑う。

「どうぞ、いらっしゃいって言われてるみたいだ」

「こんな格好で、いらっしゃいって……それこそ卑猥じゃないですか」

「誘惑されてるみたいでグッとくる。杏梨だと思うとなおさらだ」

そう言われると悪い気はしない。開いた脚のあいだに身体を進めた智琉が軽く覆いかぶさってきた。

「さっき、なにを咥えていたんですか？」

「さっき？　クローゼットから出てきたとき？」

「はい」

「避妊具。大切だろう？」

「ひにっ……」

何気に聞いてさらっと返されてしまった。避妊具という言葉がこれからすることに現実みを与える。

「だ……大事、ですよね」

にわかに緊張する。未経験のせいもあるし、ハジメテは痛いとか痛くない人もいるとか男だけ気持ちよくてズルイとか挿入されたのかされてないのかわからないうちに終わったとか、聞きかじりの情報だけが頭の中でせめぎ合う。

「怖いか？」

智琉がひたいに唇をつけ、髪を梳《す》くように頭を撫でる。彼にこんなにも優しくしてもらえるのが嬉しくて、蕩けるくらいいい気持ちだ。

「大丈夫です。……智琉さんだから」

心からそう思える。この人になら、自分を委ねても大丈夫。

自分の内腿を押さえていた手を、そっと智琉の腰に添える。秘部に熱塊があたり、ピクッと腰が震えた。

動揺してしまったのがなんとなく恥ずかしい。杏梨は智琉と視線を合わせ、ごまかすようにはにかんでみせる。

「……智琉さんの……なんか、熱いですね」

「かなり滾《たぎ》ってるから、そこだけ体温が高い。さわってみるか？」

「えっ⁉」

ごまかしきれないほど動揺してしまい、智琉に軽くアハハと笑われた。ちょっと拗《す》ねた杏梨を見る彼の眼差しが嬉しそうで、本当にきゅん死しそうだと思う。

「そのうちな」

頬にキスをされて、ほんわりと幸せな心地に包まれる。しかし直後、脚のあいだにビリッと電流を流されたような刺激が走って、とっさに手を添えていた彼の腰を強く掴んだ。

眉が寄り、口を開けたまま喉が反るが声は出ない。出せなかったのだ。「痛い」と言っていいのか「苦しい」と言っていいのか判断できない。

しかしやはり苦痛の表情にはなっていたのだろう。智琉が耳の輪郭を食みながら聞いてくる。

「痛いか？　しがみついていいから」

「大丈夫……です。ちょっと、身体がびっくりしてる、だけ……」

「つらかったら言え」

「いや、です……」

「なぜ？」

「言ったら……智琉さん……やめちゃう……。いや……」

「杏梨は本当に……無自覚だな」

ぐぐぐっと、張り詰めた熱が隘路《あいろ》を圧してくる。繋がった部分が裂けてしまいそうだが、よく感じてみれば痛みのようなものが発生しているのはそこだけだ。

あとは、痛みというより、熱《いき》り勃ち膨張したものが蜜路をパンパンに埋めながら進んでくる圧迫感。

この圧迫感を逃がすことができれば、「苦しい」と感じる部分はなんとかなるのではないか。

「ん……」

耳介に舌を這わせる智琉が、熱棒を進めるたびに低くうめく。彼も苦しいのだと悟り、杏梨は意識をして身体から、特に脚の力を抜いていった。

知らずこもっていた脚の付け根の力が抜けると、圧迫感が楽になる。我ながら名案だったとホッと息をつくと、耳元でも安堵する吐息が漏れた。

「ありがとう、杏梨。入りやすくなった」

やはり力が入っていたことで全身が強張るあまり、彼を受け入れにくくなっていたのだ。お礼を言われたことも相まって、なんだか誇らしい気持ちになった。

「よかったです。智琉さんに負担がかからなくて」

「……ゾクゾクするほどかわいいな。君は」

耳朶《じだ》を食み、鼓膜に流される艶声。

脳がアルコール濃度の高いお酒を浴びたかのようにくらくらする。おかげで智琉が挿入を進めても、痛みも異物感も二の次になっていた。

それでも蜜路が彼でいっぱいになると、自分の身体が満杯になってしまった錯覚に陥りそうになる。恥骨同士が深く繋がるほどに密着して、二人同時に長い息を吐いた。

「身体……智琉さんで、いっぱい……」

「もっといっぱいにする？」

「する……。して……」

苦しいくらいの充溢感《じゅういつかん》は、蜜洞いっぱいに彼を感じることで徐々に官能の泡に包まれていく。泡が弾けるたびに快感が生まれた。

「杏梨は……イイ子だけど、学習能力が高すぎて困るな」

唇を重ね片方の胸のふくらみを揉みしだきながら、智琉はゆるりと腰を揺らす。ゆっくりと腰を引いてはまた進め、途中で止めては上下左右に動きを変え。

まるで、初めて熱い異物を迎え入れた姫筒をいたわり、それを慣らそうとしているかのよう。

動きはゆるやかでも、彼の滾りは間違いなく杏梨の官能を刺激している。熱棒で擦られる隘路が熱く火照り、蜜泉をあふれさせながら快感を覚えていく。それがどんどん積み重なって大きな疼きに繋がっていった。

「ぁ……ンッ、智琉さ……ぁん」

智琉は片方のふくらみを揉み崩しながら、もう片方の頂に舌を這わせる。突起を大きく舐《な》め上げ咥えこんで吸いたてた。

「アッ、あ、ぁぁん、ダメぇ……ムズムズするぅ……」

彼の腰で両手をさまよわせ、じれったそうに上下に揺する。すると、わずかに腰の動きが速くなった。

むず痒い感覚が軽減する。ゆっくり動かれていたときには感じていた膣口の痛みが、強く擦られていくことでぼやけたものに変わっていった。

同時に全身を包みこんでしまいそうな愉悦がじわじわと広がっていく。杏梨はさらに彼の腰を揺すってみた。

「だから、そうやって煽るのが無自覚だっていうんだっ」

智琉が上半身を起こし杏梨の両脚を腕にかかえる。驚いた顔をする杏梨をジッと見つめ、ふっと微笑む。

「もっと？」

「す、すみません……なんか、しちゃいました？　智琉さんがいっぱい動いてくれると、痛かったり苦しかったりするのも忘れるくらい心地よくなっていくから……つい」

「よし〝もっともっと〟決定っ」

「え？　智琉さ……あああぁンッ！」

グンッと腰を突き上げられ、お腹の奥を強くえぐられる。

身体の中心から大きな電流が走って一瞬力が抜け、一定の速度で抜き挿しされる快感に引き戻された。

「ああっ、あっ！　なに……ゥンン……！」

「このくらい動けば、痛いも苦しいもわからないだろう？」

「わからな……ぁっあ、はぁん、身体の中で……智琉さんが動いてるみたいで……」

「動いてるんだ。ほら」

腰の動きが激しくなると、もう膣口に感じていた違和感も愉悦の一部に変わってしまう。

息苦しさはあえぎとともにこぼれていく喜悦の声と混じって消えていた。

このふわふわと浮き上がっていきそうな感覚はなんだろう。突き上げられ擦りたてられている部分から、弾けて蕩けてしまいそう。

「さとる……さぁンッ、なんか……また、あっぁぁ」

「キちゃう?」

こくこくと首を縦に振りながら、杏梨は身体の横でシーツを摑む。揺さぶられる身体が心地よい。智琉に身体を委ねているからだと思うと、それだけで神経が昂る。

彼の動きに合わせて胸の上で揺れるふくらみが、完全に彼のなすがままになっている杏梨を表しているかのようだった。

「ダメェ……また、また、バンって……あっ、アァン、智琉さぁン……」

「こういうときは、イクって言うんだ」

「イ……、でも、どこに……やぁぁん……!」

「どこに、って……。ほんっとかわいいな、杏梨っ!」

抑えきれないものを吐き出すように、智琉は力強く腰を使う。

ガクガクと揺れ動く身体は、もう心地よいというレベルではなく快感を受け取るのが精一杯になっている。

「あぁぁっ!　やぁ、あっ、ダメェっ……ぁ、もぅっ……!」

体内を熱い熱が蹂躙《じゅうりん》していく。

なすすべもなくされるがままなのに、もっとしてほしいと身体が求めているのがわかる。引きちぎってしまいそうなほどシーツを握り、背中で弧を描いて、せり上がってきそうなそれを待った。

「智琉さん……さとる、さ……ダメっ……あぁぁ！」

「イけ、杏梨っ……」

「あぁっ……やっ……イク、あぁぁンッ――！」

全身が、というより頭の中で光が弾け、快楽にさらわれる。息が止まって、全身から熱が噴き出したかのように熱くなった。

小さくうめいて最奥で動きを止めた智琉が、長い息を吐きながら軽く覆いかぶさってくる。

「杏梨……」

唇を重ね、優しく吸いつく。重なった肌同士がしっとりと潤っている。

伝わってくる鼓動は、杏梨と同じくらいの速さで脈打っていた。

智琉と溶け合ってしまえそう。

そう思うと、嬉しくて堪らない。

唇が離れ見つめ合うと、乱れて頬に貼りついた髪を、智琉が顔の横に寄せてくれた。

「ほら、キちゃう、じゃなくて、イク、だっただろう？」

せっかく余韻に浸っていたというのに。

話題のチョイスに、杏梨はぷっと噴き出してしまった。

「ムードないですよ」

「そうか？」

「でも、智琉さんだからいいです」

智琉の背に腕を回して抱きつくと、杏梨は鼓動まで感じ取ろうと身体を密着させた。

第四章　悲しい（でも愛しい）思い出の先にある幸せ

「異議あり。本件とは関係のない質問です」

極めて冷静な弁護人の声が、法廷に響く。

大きな声で主張したわけでも、厳しい声で威嚇したわけでもない。

それでも法廷内はシンっと静まり返り、誰も声を発しなかった。

傍聴席のこそこそ話さえも止まり、反対尋問をさえぎられた検察官が口をパクパクさせている。このなんともいえない雰囲気の中、証人の男性だけがオロオロしていた。

裁判長がひたいを押さえて、人知れずため息をついたように見える。気持ちもわかる。

弁護人、久我智琉が異議申し立てをするのはこれで五度目だ。

法廷での証言はそのまま証拠となるため、智琉は、言葉の一言一句を逃さない。質問の裏にこめられた誘導でさえ察して異議を唱える。決定的な証拠に繋がる言葉を被告や証人から引き出したい検察側としては、実に厄介な弁護士である。

「……以上です」

これ以上は無理だと悟ったのだろう。検察官が引いた。このあとは弁護人である智琉から、被告人への主質問が始まる。結局、検察官は証人から、有益な証言を引き出すことができなかった。

検察官は席に戻り、険しい顔で智琉を見ている。睨みつけている、が正しい表現だが、当の智琉は涼しい顔だ。

そんな智琉を、検察官にも負けないくらい熱いまなざしで見つめていたのは、傍聴席でメモを取る杏梨である。

(智琉さん……今日もかっこいいっ)

常日ごろ、智琉の出廷にはできるだけ同行している。調停などでは助手としてサポートをすることもあるが、法廷では傍聴席でメモを取ることを心がけている。

民事だろうが刑事だろうが、智琉はいつも理知的で抜け目がない。勉強にもなるし毎回ワクワクして傍聴するのだが……。

ここ最近は、前にも増して凛々しく素敵に見えてしまうのだ。

(本当に……以前よりすっごくすっごくかっこよく見えちゃうんだよな……。なんでだろう)

とは思ってみるものの、理由は杏梨自身がよくわかっている。

智琉と恋人同士になって二週間。彼のことを特別な人だと意識できるようになっている

から、なによりも誰よりも輝いて見えるのだ。

「久我弁護士、相変わらずいい男ねぇ」

「来てよかったわあ〜」

離れた席からご婦人同士のひそひそ話が聞こえてくる。傍聴マニアと呼ばれる人たちで、智琉が出廷する裁判でときどき姿を見かける。

他にも定期的に見かける人がいる。どうやら智琉のファンらしい。

（顔がいいし、かっこいいからね。当然なんだけど）

以前は「顔だけはいいからね。仕方がない」と思っていたものだが、恋人同士になると「当然」に変わってしまった。

「今日も智琉センセはかっこいいね」

耳元でこそっと囁かれ、驚いて身体を引く。微笑みながら隣の席に腰を下ろしたのは仁実だった。

とっさに出そうになった声を、唇を引き結んで抑える。今大声を出すのはマズイ。そんな杏梨を、仁実はニコニコしながら眺めていた。

「二週間ぶり。その後、智琉とは仲良くやってる？」

「え？」

ほわぁっと頬があたたかくなる。すかさず仁実がニヤッとした。

「喧嘩《けんか》しないでお仕事してますか、って意味なんだけど。赤くなるようなことを考えちゃった？」

……意地悪だ。

仁実は智琉と杏梨が恋人同士になったことを知っているのだろう。サラッと智琉が言ったのかもしれないし、言わなくても彼なら察する気がする。

自分の存在を杏梨が誤解しているとわかっていたようだし、それが恋煩いからくるものだということも見当がついていたのだろう。それだから、車に轢かれそうになったあの日、自分との関係をハッキリ言うように智琉に頼んだのだ。

「いいよいいよ。いいことだよ。あの智琉がさあ、こんなかわいい子を捕まえるなんて。私も嬉しい。仲良くしようね、杏梨ちゃん」

「は、はぃ……」

もともと小声で話してはいるが、恥ずかしさでよけいに小さくなる。恥ずかしいというより、照れくさい。

「まあ、例の火事の事件も上手く収まりそうだし。ひと安心だよね。そのうち、うちの事務所にも顔を出してよ。智琉と一緒に。父さんも喜ぶと思うし」

「え？」

我ながら、馬鹿みたいにとぼけた顔をしてしまった気がする。仁実はなんでもないことのようにサラッと言葉にしたが、杏梨にはなんのことだかわからない。

うちの事務所、とは、仁実が所属するオリエンタルリード法律事務所のことだろう。智琉と一緒に訪ねて父親が喜ぶ。……とはどういうことだろう。父親も弁護士なのだろうか。

もっと気になったのは、火事の事件が上手く収まりそうという言葉だ。

出火原因は杏梨の部屋の前に置かれた箱だったとのことだが、その後の進展を知らない。やはり悪戯ではなかったのだろうか。杏梨が車に轢かれかけたことと関連性はあったのだろうか。

上手く収まりそうとは、犯人がわかったということなのだろうが、杏梨は知らされていない。

「杏梨ちゃん？」

杏梨が表情を固めたまま考えこんでしまったので、仁実もおかしいと感じたのだろう。眉を寄せ、少々厳しい顔をした。

……こういうときは、雰囲気がどことなく智琉に似ている。

「もしかして、智琉になにも聞かされていないの？」

そのままの顔で、杏梨は首を縦に振る。仁実がチッと小さく舌打ちした。……こういうところは、やっぱり男性っぽい。

「あいつ……言ってなかったんだ。いくらよけいな心配はさせたくないっていったって……。ほんとにもう」

キッと弁護人席を睨みつけた仁実だったが、傍聴席のお喋りに気づいていたらしい智琉に睨み返され、両手を合わせて「ごめんなさい」のポーズを作った。

兄弟の圧倒的な力関係を見た気分である……。


「先生、申し訳ございませんっ」

閉廷後、打ち合わせが終わった旨の連絡を受け取り一般待合室を飛び出した杏梨は、エレベーターの前で智琉を待ち伏せた。

法廷でお喋りをしていたことを謝りたかったのだ。扉が開いて智琉が一人なのを見てすぐに頭を下げた杏梨だったが、その頭に大きな手がのった。

「君が謝る必要はない。どうせ、そのうしろにいる不届き者が話しかけてきて喋り続けていたんだろう」

「え？」

顔を上げると手が離れる。名残惜しく思いつつ振り向くと、仁実が軽く手を上げて微笑んでいた。

いつの間にいたのだろう。それに隣には見知らぬ男性がいる。智琉くらい背の高いスーツ姿の男性だ。姿勢がよく身なりも品がいい。

智琉よりも年上といった印象だ。端整な面立ちで、こういう人を美中年というのだろうかと、ちょっと考えた。

「ひどいな〜、不届き者って。いくら杏梨ちゃんの横に座ってコソコソしていたからって」

「だいたい、隣に座るのが図々しい」

「いいじゃない。私だって杏梨ちゃんに会いたかったんだから。杏梨ちゃんも私に会いたかったでしょ？　ねー」

そう言って微笑まれたので「はぃ……」と弱くとも同意をするしかない。智琉の弟だし、杏梨にも好意的なのでぶつかる理由はないのだ。

「無理に返事をさせるな。杏梨は人を無下にできない情に篤い子なんだ」

「むちゃくちゃ庇護《ひご》するじゃないの。まあまあ、智琉が会いたい人を連れてきてあげたんだから、勘弁してよ」

「どこに？」

見えていないわけではない。智琉は仁実と一緒にいる男性を見えないものとしているようだ。すると、男性がハハハと笑い声をあげた。

「私は会いたかったんだが？　なんだ、片想いか。相変わらず冷たいな。智琉が入廷しているって聞いて、会いにきてくれるかなとウキウキしていたのに」

「兄さんが来ているのは知らなかったので」

「知っていたら会いにきたか？」

「特に用はない」

「智琉が刑事事件を担当しているのは珍しい。民事ばかりではなく、もっとこっちに顔を出してほしいものだ。……なんて言ったら、検察官一同に睨まれそうだな。法廷で、もっとも当たりたくない弁護士の一人だ」

「それはどうも」

実に素っ気ない。用がないから会う必要もないというのは頷《うなず》けるが、兄弟ならば顔を見せるくらいの気遣いがあってもよさそうなものだ。

（智琉さんの、お兄さん？）

智琉のセリフから、この男性が兄なのだとわかった。裁判所にいるということは、ここで仕事をしているのだろうか。だとすると、今まで遭遇しなかったのが不思議なくらいだ。

弟の塩対応など慣れっこなのか、兄である彼はハハハと笑っている。ここまで言われて笑っていられるなんて、ずいぶんと懐の広い人だ。……いや、弟がこれだから、もう普通のことになってしまっているのかもしれない。

智琉の兄がその笑顔のまま杏梨を見る。慌てて挨拶をしようとしたが先に深く頭を下げられてしまった。

「智琉のパラリーガル、藤沢杏梨さんですね。初めまして。智琉の兄で、久我那《な》智《ち》です。いつもは検察庁のほうにいます」

「初めまして。……検事をされているのですか？」

「察しがいい。よくわかりましたね。あなたからの角度では検事バッジは見えなかったかと」

「身につけているものから、普通の職員さんではないと感じたので。久我先生のお兄様で検察庁に在籍していらっしゃるのでしたら、検事をされていてもおかしくはないなと考えました」

口元に笑みを作ったまま、那智はうんうんとうなずく。

「実に素晴らしい洞察力だ。父に話せば、きっと貴女のことをほしがるでしょうね」

「え？」

「よけいなことを話すな」

なにを言われたのかわからないまま、歩きだした智琉に腕を摑まれ杏梨も足を進める。帰るのだろうが挨拶もせずに唐突すぎる。慌てて振り返ると、弟の非礼にも笑みを崩さず那智の声が二人を追った。

「本気だよ。彼女が父の事務所に移るとなれば、もれなく智琉もついてくるだろう。一石二鳥だ」

智琉が足を止める。もちろん杏梨も止まった。

「父さんに言っておいてくれ。いい加減諦めろって。育てるべき人間はそばにいる。あの人は、本当はそれをよくわかっているはずだ」

「父さんは、おまえを諦めていない」

「ごめんだ」

振り返らないまま歩きだす。もれなく杏梨の足も進むが、気まずさのあまり歩きながら振り向いて頭を下げた。

そんな二人の背中に、仁実の声がかけられた。

「智琉、杏梨さんにちゃんと今回の事件のこと話しなさい。守りすぎるのも考えものだよ。それと、実家のこともね！」

そんな言葉を無視して、智琉はずんずん歩いていく。無言のまま駐車場まで歩き、杏梨を助手席に乗せ自分も運転席に落ち着いてから、やっと口を開いた。

「さっきの、一見いい人そうなのが兄だ」

「それは、ご本人から名乗っていただきましたから……」

「終始ニコニコしていい人に見えるが、なかなか喰えないやつで、気を許すと一気に攻めこまれる。あの顔は曲者だ。法廷で兄と当たったことはないが、……できれば、やり合いたくない検事の一人だな」

智琉にここまで言わせるなんてとは思うが、彼の兄なのだから納得もできる。兄のほうも智琉のことを「法廷で当たりたくない弁護士の一人」と言っていた。

(兄弟で優秀なんだ。すごいな……。仁実さんも大手法律事務所に属しているし)

エンジンをかけようとした智琉だったが、なにかを思い直すように息を吐き、キーから手を離して杏梨を抱き寄せた。

「智琉さん?」

引き出そうとしていたシートベルトが手から離れる。抱き寄せられた身体は不安定な形ながらも彼の胸に収まった。

「……あいつに、なにを聞かされた」

「仁実さんにですか？　特になにも……」

そう答えてから、仁実がちゃんと話しなさいと言っていたことを気にしているのではと思いたつ。

今回の事件とは、アパート火災の件と車に轢かれそうになった件だろう。実家云々はなんのことかわからないが、このふたつについては杏梨も知っておきたい。

「アパートの事件が上手く収まりそうって。ひと安心だと言われましたけど、わたしにはなんのことかわかりませんでした。あのあと、なんの連絡もないし、わたしが轢かれそうになった件と関係があるのかも……」

　智琉が杏梨を放す。彼がエンジンをかけてシートベルトを引いたので、杏梨も慌ててそれに倣った。

　車が走りだし、智琉が口火を切る。

「アパート火災と轢き逃げ未遂には、同じ人間が関与している。車で杏梨を脅すよう依頼した男と、杏梨のアパートに箱を置いた男は、同一人物だ」

「同一人物……？」

　ということは、荷物は明らかに杏梨を狙って置かれたものだったということだ。

「杏梨の部屋の前に箱を置いた宅配業者ふうの男の顔は、大家が見ている。玄関前に置いていくなんて不誠実な業者だと感じて、じっくり顔を見たそうだ。その男の背格好や特徴が、轢き逃げ未遂の男の証言と一致している。警察が同一犯の犯行とみて動いている。犯人が逮捕されるのも時間の問題だろう」

「そうですか……。火事の原因を作った犯人、早く捕まってほしいです。なぜ、わたしの部屋の前に置いたのか知りたい。発火物なんですよね、爆発したんでしょうか」

「焼け跡から見つかったものから、時間で発火する簡単な装置だったと考えられている。まあ、素人が作ったものなんだろうな。お粗末ではあるが、それが原因で火事になった」

「日出子さん……、お風呂の掃除をしていて、発火したことにすぐに気づかなかったって……」

日出子は逃げ遅れて救急車で運ばれている。箱が発火したのを見たなら、すぐに逃げたか消火器で消そうとしたはずだ。それができなくても消防車を呼ぶなど手段はある。

「小さな破裂音はしただろう。しかし浴室では……聞こえなかったそうだ」

杏梨はハッと息を呑んだ。日出子はそのとき補聴器をつけていなかったのだ。アパートで一人のときは外していることが多い。それだから破裂音程度では気づけず、逃げ遅れたのだろう。

荷物を預かったばかりに……。

「そんな落ちこんだ顔をするな。大家、日向さん、そろそろ退院できるようだ。杏梨のことを心配していた」

「会ったんですか？　もう会えるんですか？」

沈みかかっていた顔が上がる。運転をしながら、智琉はチラッと視線をくれた。

「話を聞きたかったから、会いに行った。日向さんはひどく杏梨のことを気にかけていた。孫みたいにかわいがっているって」

「日出子さん……」

そんなことを言われると泣きそうだ。日出子は一人暮らしの杏梨をずいぶんと気遣ってくれた。

「ちゃんとご飯食べてるかなとか、ゴミ出しの日を忘れて落ちこんでないかなとか、疲れて玄関先で寝て風邪をひいてないかなとか」

「ははは……はは……」

せっかく感動していたというのに、乾いた笑いが出てしまった。さすがに大家として五年も杏梨を見ていれば、すさんだ生活にも気づいていただろう。

孫みたいにかわいがっていると言われると、嬉しい半面申し訳ない気持ちが大きくなる。日出子は、親切心から荷物を預かったばかりに火事に遭ってしまったのだ。おまけに入院する羽目に陥ってしまった。考えれば考えるほど申し訳なくてつらい。

そして、そんなことをした犯人に嫌悪感が湧く。

いったい誰が、なんのために。

ただの悪戯のつもりだろうか。そんなものを送られてしまう覚えもない。

だが、自分は無関係と思っていても、知らず誰かの恨みを買っていることはある。直接でなくとも、なにかの出来事に関わっていたからとか、なにかに賛同していたからとか、理由は様々だ。

いったいなにが原因なのだろう。なにをして、恨まれてしまったのだろう。

その犯人は、杏梨が怪我をすることを望んでいたのだろうか。もしかしたら死んでほしいと考えていたのではないか。

犯人逮捕は時間の問題と言っていたが、まだ捕まったわけじゃない。杏梨が無事であることを知った犯人が、また同じような悪だくみをする可能性はないだろうか。

火事など起こせば、周りの人も無事ではすまないくらい、普通の精神状態だったらわかるだろうに。

だが、犯罪を行う状態の人間は周りに気を配ることなどできず、自分の目的しか考えられなくなっているということも、パラリーガルとして様々な事件に関わってきた中でわかっている。

そんな人間に狙われた。そうと考えると、背筋が寒くなる。

今は智琉のもとで生活をしている。マンションはセキュリティもしっかりしているし、箱を部屋の前に置かれるようなこともない。マンションの敷地内に入った瞬間から監視カメラにマークされる。

同じ手は使えないだろう。

だとしたら、移動中になにかをされる可能性もある。

(わたし、誰にそんな恨みを買ってしまったんだろう)

現実みを帯びた疑問にいきあたり、臓腑《ぞうふ》が冷える。「なにをした?」「なにがあった?」と思考が記憶を探ってフル回転した。

これでまた、日出子のように誰かに危害が及んだりしたら。

事務所にいる美雪や、仕事で親しくしている人や、智琉や……。

「そんなの駄目っ」

つい言葉になって出てしまった。車のドアがバタンと音をたて、ハッと我に返る。

車は建物の中へ入ったようだ。助手席のドアが開き、智琉が手を差し出す。促されて、杏梨は素直に彼の手に摑まり車を降りた。

「そう、駄目だ。そんなことで考えこむな」

智琉に手を引かれたまま歩きだす。そこは狭いガレージの中だった。どこだかわからないまま、扉をひとつくぐり、すぐ現れたもうひとつの扉を開ける。

中に入るとガチャリとロックがかかる音がした。

狭い玄関と廊下は、火事になったアパートを思いだす。違うのは、とても綺麗に片づいていてオレンジ色の照明があたたかい雰囲気を醸し出しているということだ。

廊下の腰壁の上は窓になっていて、その向こうには部屋が見えた。そこには廊下と同じく電球色のあたたかな照明があり……大きなベッドが置かれている……。

「智琉さん？　ここは……」

「ストレートに言うと、ラブホテル」

「ラっ……？」

アーチ形の開口部から室内へ入ると、すぐにベッドに押し倒された。

「さ、智琉さん、どうしてここっ……」

戸惑わざるを得ない。てっきり事務所へ帰るか別の案件の調査へ行くかと思っていた。それがいきなりラブホテルではわけがわからない。

「事務所に帰ろうかと思ったけど、やめた。遅くなったら直帰すると増子さんには言ってある」

なんでもないことのように口にしながら、智琉は杏梨のブラウスのボタンを外していく。勢いよく胸を暴いてから彼もスーツの上着を脱ぎ、ネクタイを引きゆるめた。

「杏梨が考えなくてもいいことで思い悩んでいるから、考えさせないようにしようかなと思って」

「考えなくてもいいことって……」

「わたしのせいで……とか考えていたんだろう」

図星で声も出ない。話の途中で考えこんでしまったので、智琉には見破られてしまっている。

「杏梨が悪いんじゃない。すべての元凶は箱を持ってきた男だ。だから悩むな。……と言っても聞かないだろうから、悩む余裕もなくしてやる」

「なんですか、それはっ。なんかこじつけっぽいですよっ」

「正解。こじつけだ」

含み笑いを漏らしながら、智琉は杏梨の首筋に唇を落とす。食むように吸いつきながら、ブラジャー越しに胸のふくらみを揉みしだいた。

「直帰するなら……こんなところに入らなくても……ァンッ……」

「裁判で気持ちが昂ぶったから、すぐに杏梨を抱きたかった」

「それが本音ですか？」

「それと、仁実と仲良く話をしているから、嫉妬した」

「仲良くって……んん……」

首筋を下りた唇は鎖骨の形をたどり、胸の隆起を渡っていく。ブラジャーの上から頂を咥えこみ熱い吐息を吹きこんでくる。

「ぁっ、ヤンッ、熱っ……んっ」

「それと、兄がなれなれしいから、気分が悪かった」

「なれなれし……かったですか？　ぁっ、あ……」

気兼ねなく話しかけられた感じではあったが、なれなれしいとは違うような。それでも智琉はいやだったのだろうか。

(智琉さんが、嫉妬？)

胸がきゅんっとする。まさか彼に嫉妬してもらえるなんて。

「智琉さんと仁実さんが弁護士で、お兄さんが検事なんですね。すごいです」

智琉の返事はない。布越しに頂をカリカリと歯で搔きはじめた。くすぐったいやらじれったいやら、思わず上半身をうねらせてしまう。

「ンッ……ん、や、ぁん」

布越しなのがもどかしい。早く外してほしい気持ちと、これはこれでじれったいのがまた扇情的でいいという気持ちがせめぎ合う。

「お父様も……弁護士なんですか……？」

「ん？」

「お兄様が、父の事務所、って言っていたから、法律事務所なのかと……」

がりっと頂を甘嚙みされる。もどかしいじれったさが走り、杏梨は背を浮き上がらせて身悶《みもだ》えした。

「あっ、やぁぁっ……んっ」

何度も甘嚙みされるうちに、刺激が鮮明になってきてその部分が硬くなっているのだとわかる。ブラジャーのカップに触れる感触でさえもどかしい。

布越しではなく肌をさわってほしい。彼の手や唇をそのまま感じたい。そんな我が儘な欲求が大きくなっていった。

「杏梨、俺のことを知りたい？」

「はい……ぁぁっンッ」

「今は駄目。気分じゃない」

「さとるさぁん……」

「そのかわり、杏梨がしてほしいと思ってることをしてあげるから。我慢しなさい」

「して……ほしいこと……」

絶妙なタイミングで使われる命令口調。これは本当にズルいと、たびたび思う。

従わずにはいられないことを、彼は知っているから……。

ブラジャーのカップが下げられ、ふたつの白いふくらみがまろび出る。両側から寄せるように摑み、まったりと揉みしだかれた。

「ぁ……アンッ、胸ぇ……」

「直接さわってほしかったんじゃないか？　いつまでもさわらなかったら、じれていたから」

「はぃ……」

的確に言い当てられ、恥ずかしくて声が小さくなる。仕事ならば「そうですね。わかってるじゃないですか」と強気で出られるのに。

「杏梨は正直でイイ子だ」

片方の頂を大きく舐め上げられ、肌が粟立《あわだ》つ。彼の口腔内で舐《ねぶ》られる突起が、快感を栄養に大きく硬く育まれていく。

官能が全身に甘い電気を流し、我慢の利かない両足がシーツを擦って悶え動いた。

「ハァ……あ、智琉さ……ぁん」

「ああ、そうだな、忘れるところだった」

胸から離れて上半身を起こした智琉は、杏梨のセミタイトスカートを腰までまくり上げストッキングとショーツを一気に脚から抜く。

「杏梨はすぐべちゃべちゃになるから。出先でスルときは早く脱がせてやらないと濡れた下着で帰らなくちゃならなくなる。いや、濡れたら穿《は》かなきゃいいのか」

「なにも穿かないで歩くのは……いやですよ」

「杏梨がなにも穿いていないと思うと、何度でも襲いかかりたくなるから、俺も困る」

「いやらしいですよっ」

「杏梨相手だと、いくらでもいやらしくなれるから困ったものだ」

責められても笑ってかわし、智琉は杏梨の膝を立てながら脚を開かせる。

「ぎりぎりセーフだ。もう少しであふれるところだった」

潤う秘部を指先で撫で、すぐに唇をつける。じゅるじゅると蜜を吸いたてながら蜜口に指を挿しいれた。

指で蜜を掻き出して、すぐに吸いたてる。蜜路を掻かれる刺激と粘膜の上で動く唇の振動が堪らない。

「ぁぁゥン……んっ……ぁあっ、やぁン……」

両腕を伸ばして智琉の髪を掴む。腕で寄せられた胸の片方に智琉の片手が伸び、揉み回しては乳首をつまんだ。

「あっ、あ、さとる、さん……どうしよ……あぁぁン……！」

「気持ちいい？　杏梨」

杏梨は湧き上がる快感のままにこくこくと首を縦に振る。蜜路を探る指が二本に増やされ、悶える両足がシーツを擦った。

「ちゃんと言葉で言ってほしい。そうしたら、ココに指じゃないモノを挿れてやる」

「だからぁ……いやらしいですってば……あっああ、指ぃ……」

「いらない？」

左右に首を振り、潤んだ目で智琉を見つめる。もうこれだけで伝わっているはずなのに、やはりちゃんと言わなくてはいけないようだ。

「気持ちいい……です……あぁぁっ」

「杏梨……優秀」

智琉の声がわずかに上ずる。彼が興奮しているんだと思うと、腰の奥が重くなって、これから起こることを期待して隘路が騒めく。

身体を返され四つん這いになると、スカートを腰までしっかりとまくられた。智琉が避妊具を準備するあいだ、この体勢で待たされるのは恥ずかしい。

お尻を向けて、いつでもどうぞ、と言っているかのよう。

双丘を大きな手がゆっくりと撫でる。準備がすんだのだろう。腰を引き寄せられ、熱い塊がぐにゅっと押し入ってきた。

「あぁぁぁんっ……！」

二週間前まで快感を知らなかった身体は、今やすっかり智琉を覚えさせられ、挿入感だけで達してしまいそう。

深くまで侵入した熱塊が、ゆっくりと引かれまた入る。楽しむように繰り返し、そのスピードが徐々に増していった。

「あぁぁ……やっ、ンッ、智琉さぁン……！」

肌同士を打ちつけ合う音が室内に響き、大きく身体が揺さぶられる。そうしながらジャケットとブラウスを脱がされ、ブラジャーのホックを外された。

ストラップを腕から外すついでにそのまま腕をうしろに引かれ、激しく突きこまれる。身体が前に逃げられないぶん内奥を強く穿《うが》たれた。

「あぁンッ……！　あっ、激し……ダメェっ……！」

膝が崩れて腰が落ちてくる。うしろから抱き起こされ、膝立ちになった状態で腰を打ちつけられた。

「なにが『ダメ』？　教えて。ん？」

低く意地悪な声が耳朶を打つ。ゾワゾワとした愉悦が走り鼓膜が犯されて、どうにかなってしまいそう。

両乳房を鷲掴《わしづか》みにされ、ぎゅうっと握り潰される。大きく長い指のあいだから盛り上がる白いふくらみは赤みを帯びて、なんだかとてもいやらしいもののように見えた。

「ン……ん、ダメ、そんなにしたら……イク……あぁぁっ！」

答えようと声を絞り出すものの、片手で繋がり合った部分を探られ、蜜液を絡めた手で秘芽を擦られて、官能の主導権は完全に智琉のものになった。

「あぁっ！　ダメェ、そこっ……あぁぁ――――！」

絶頂に引っ張り上げられた瞬間、完全に膝の力が抜ける。支えられたままベッドにうつ伏せに倒れるが、その状態で智琉の抜き挿しは続く。

達したばかりの身体はさらなる愉悦を生み出していく。容赦なく突き刺さってくる剛強は、もっと感じろとばかりに杏梨を追い詰めた。

「さとるさん……さとるさっ……ああっ！　ダメ、また……またイクっ、イっちゃ……あアンッ！」

「イっていい。ほら、次は一緒にイける。イきたい？」

「イク……イ……クぅ、さとるさんと……いっしょ、に……」

彼と愉悦を共有したくて、またもや高みへのぼっていく。ラストスパートを感じさせる熱杭《ねっくい》が最奥をえぐり、大きな爆発が起こった。

「あぁぁっ……！　さとるさぁ――――!!」

「杏梨っ……」

苦しげにうめいた智琉が大きく息を吐きながら数回ゆっくりと腰を揺らし、動きを止める。

荒い息を吐きながら、法悦の果てに流れていってしまいそうな杏梨を背後から抱き締め、耳朶にキスを落として囁きかけた。

「大丈夫だ。なにも心配するな」

聞きたいことはたくさんあるはずなのに……。

今の杏梨は、享受した愉悦をゆっくりゆっくり消化するので精一杯だった。


翌日、智琉が裁判所から至急の呼び出しを受けたので、スケジュールの調整が必要になった。

どうしても時間をずらせない依頼関係者からの聞き取りには、杏梨が代理で向かう。時間を見ながら書類をそろえ、鞄を手に美雪に声をかけた。

「じゃあ、聞き取りに行ってきます」

「はーい、いってらっしゃーい」

自席から立ち上がった美雪が、杏梨の前に来てニコニコする。

「杏梨さん、今日も綺麗ですね～」

「なに？　お土産の催促？　いいよ～、なにがいい？」

「違いますよ～、本気で言ってるんですってば」

ツツツッと移動して横に立ち、肘で杏梨をつつく。

「ここのところ、ずっとスカートだし、なんか色っぽいな～って思ってるんですよねぇ」

「スカートくらいで色っぽい認定してもらえるなら、美雪ちゃんなんて毎日色っぽいんじゃないの？」

「はいはい、わかってますわかってます。なんていうか、ここのところお二人のあいだに漂う雰囲気が前とは違うんですよ。あたしにはわかります。尊すぎて毎日鼻血が出そうですから」

「毎日鼻血？　美雪ちゃん、耳鼻科に行ったほうがいいよ」

「平気です。尊みで輸血されています」

「……なんかわからないけど、……大丈夫ならよかった」

「はいぃ。推しが幸せならあたしも幸せです」

最近になってやっとわかったのは、美雪の言う「推し」というものが、彼女の毎日の活力源になっているらしいということ。

（なんだかわからないけど、そういうものがあるのはいいことだよ）

さしずめ、今の杏梨にとっての毎日の活力源は、智琉だろうか。

考えたら照れくさくなりそうで、杏梨は思いつくままに言葉を出して頭を切り替えようとする。

「お昼……ついでに食べてこようかな。美雪ちゃん、お昼に外出の予定あった？　もしいるならなにか買って戻ってくるし」

「大丈夫です。お弁当です。ハマってるソシャゲのイベント中なんで、お昼は推しキャラとデートですよ」

「そ、そう。楽しそうでいいね」

推し……とはゲームのキャラのことだろうか。それにしては杏梨との会話でよく出てくるような。

「あ、そういえば、お昼で思いだしたんですけど……。昨日、事務所を閉めようとしたときに【ぽえっと】の岩井さんから電話があって……」

忘れていたらしく、美雪が少し気まずそうに話しはじめる。

「杏梨さんにだったんです。直帰したから伝えますって言ったんですけど、改めるから伝えなくてもいいって……。それでも電話があったことは伝えなきゃと思ってたんですけど……すみませんっ」

帰る間際の電話で美雪もうっかりしていたのだろう。改めて連絡をくれる気らしいが、お昼は【ぽえっと】へ顔を出してみようかと思いついた。

「いいよ、気にしないで。じゃ、行ってきます」

美雪の下がった頭をポンッと叩き、「いってらっしゃい」とかわいい声に送られて杏梨は事務所を出て階段へ向かった。

「あっ」

下りはじめて、すぐに声が出て足が止まる。のぼってきた人物と目が合ったのだ。

「こんにちは、藤沢杏梨さん。お出かけでしたか？」

人のいい爽やかな笑顔。整った面立ちの美中年。昨日会った、智琉の兄、久我那智だ。

「こんにちは、久我検事。昨日は失礼をいたしました」

「貴女はなにも失礼をしていませんよ。かといって弟が失礼だったかといえば、いつもあんな感じなので、特に気になりませんね」

家族にも、いつもあんな感じらしい。言われてみれば仁実に対しても塩対応が常だ。

「もしかして久我とお約束でしたか？　久我は朝一番で裁判所のほうへ呼ばれて……」

「ああ、知っています。祖父が現役時代の部下を使って呼び出させたんですよ。自分が呼んでも智琉が動かないのは知っていますから。今ごろ、祖父と父のあいだで渋い顔をしているでしょう」

「ご祖父様、ですか？　なぜ、裁判所に……」

杏梨が不思議そうな顔をすると、那智がまぶたを上げてわずかに驚く。しかし直後、ハアッと息を吐いて苦笑いをした。

「……そうですか、やはり話していないんですね、智琉は。まったく……」

そのまま階段をのぼり、杏梨が立つ段で足を止める。ジッと見つめてくる目は柔らかいが、視線には隙がない。智琉の言葉が頭に浮かんだ。

――気を許すと一気に攻めこまれる。あの顔は曲者だ。

ごくりと、乾いた空気を呑む。杏梨の中に緊張感がみなぎった。

「智琉は、よほど貴女が大切らしい。実家を捨てるほど」

「実家……？」

気を抜いてはいけない。緊張のせいか階段の手すりに置いた手に汗がにじむ。

杏梨が警戒していることに気づいたのだろう。那智はふっと微笑んで階段を一段下り、杏梨を促した。

「智琉ではなく、貴女に用があって来たのです。外出のところ邪魔をして申し訳ない。すぐに終わりますから、歩きながら話をしましょう」

「わかりました」

一緒に階段を下りはじめるが、ペースは極めてゆっくりだ。本当にすぐに終わる話なのだろうか。

「藤沢さん、オリエンタルリード総合法律事務所をご存知ですね」

「はい、弟さん、仁実さんが籍を置いていらっしゃいますよね。大手の法律事務所で……」

「智琉は、オリエンタルリードの次期所長になる男です」

驚きのあまり足が止まった。身体がぐらつきそうになるのを、手すりを強く摑むことで回避する。

「といっても、智琉にその気はない。しかし、父は諦めてはいない。父がというより祖父が、諦めきれないのでしょう。智琉は幼少期から優秀な男で、祖父の期待を一身に浴びて育った。家業である法律事務所を背負えるのは智琉しかいないと、決められていたようなものだった。……まあ、そのおかげで、私は自分が好きなように検察官の道を選べたのですけど」

「……オリエンタルリードが、家業、なんですか？」

「久我家は、先祖代々の法曹一族なんです。もともとは個人事務所だったものが大きくなって、今のオリエンタルリードがある。定年で一線を退きましたが、祖父は最高裁の裁判官でした。父は所長兼、現役の国際弁護士です」

長男は検事、次男三男は弁護士。錚々《そうそう》たるものだ。

驚きの事実に動悸がする。しかし那智に動揺を悟られてはいけない気がして、手すりを強く摑み、ゆっくりと階段を下りながら平静を装う。

「驚きました。久我は……優秀な弁護士だと、わたしも彼のパラリーガルであることを誇りに思っていますが、そんなすごいご実家がおありだなんて」

「そんなにかしこまらなくてもいいんですよ。貴女が智琉の恋人であることは知っていますから」

また足が止まる。おそらく仁実に聞いたのだろう。

「結婚すれば私の義妹だ。うちは男兄弟なので……一人趣味に走っているのもいますが。嬉しいですよ。こんなにかわいいお嬢さんが義妹になるかと思うと」

「いえ、あの、そういう話はしたことがありませんので」

「とっくにしていると思いました。これ以上、緊張を読み取られないようにと必死になる姿を見るのも心苦しいので、この話はナシにしましょう。あまり構えなくて大丈夫ですよ」

優しく微笑んで段を下りる。柔らかく朗らかなのに、体内の中心に差し込まれた氷は融けることがない。

杏梨の緊張も、それを探られないよう必死になっていることも、すべてお見通しだ。法廷で当たりたくない検察官の一人という言葉が、スッと腑に落ちた。

那智に一段遅れて二人で黙って階段を下りていく。那智が再び口火を切った。

「貴女が智琉の大切な女性であるという前提のもとにご提案なのですが、藤沢杏梨さん、オリエンタルリードに転職しませんか」

「わたしが、ですか?」

驚きはするが、また立ち止まってしまわないよう意識して足を進める。杏梨はいつものようにキッパリと言いきった。

「わたしは……久我智琉のパラリーガルです。他に移る気はありませんし、他の弁護士につくなんて考えたこともないです」

「いや、そのままでいいんです」

「どういうことですか?」

「貴女がオリエンタルリードに転職を決めてくれたなら、もれなく智琉もついてくるでしょう。貴女一人を出すなんてことは絶対にしないはずだ。貴女が優秀なパラリーガルであることは噂で存知あげていますし……なんといっても、亡き藤沢弁護士のご息女だ。優秀でないはずがない」

そうしないよう意識してても足が止まった。父のことを知っている。調べたのだろうか。

智琉が言ったとは思えない。

三段ほど先で同じように立ち止まり、那智は杏梨に微笑みかける。

「もっと大きな事務所で、貴女の可能性を試したらいい。小さな個人事務所で限られた案件にしか触れられないのはかわいそうだ」

「わたしは、今の事務所に不満なんかありません」

「智琉もかわいそうだ。智琉は、もっと大きな事件を扱って活躍できる才能がある弁護士なのに」

「先生は、充分に活躍しています」

「民事で？　そう、彼は正義の味方だ。刑事事件をほぼ扱わないのは、罪を犯した人間の弁護をすることを避けているから。絶対被告が正しいと信じられる刑事事件しか担当しない。負けるのが怖いから。いや違う、私の弟は、そんな腰抜けじゃない。かつて、絶対に負けるといわれていた事件をひっくり返したこともある。難しい事件を何度も勝訴に導いた。弁護士になって間もないころから、ベテランの弁護士や検事に一目置かれる存在だった。それが変わった。五年前からだ。五年前になにがあった。貴女ならわかっていますよね、藤沢弁護士のご息女で、藤沢弁護士亡きあと智琉のもとで働きはじめた貴女なら」

言葉が出ない。身体も動かなかった。完全に彼のペースだ。完全に射すくめられている。

気を許した覚えはない。それでも一気に攻めこまれた。

智琉が民事を中心に、刑事事件は厳選したものしか扱わなくなったのは、杏梨との約束があるからだ。

——悪いことをした人の味方を……、しないでください。

父の事件にこだわり、そんな要求を智琉に突きつけた。

彼は、それをずっと守ってくれている。

約束を守ってくれていることを、杏梨は誠実と受け止めた。だが、それが弁護士としての彼にどのような影響を与えるのかまで考えていただろうか。

杏梨と出会う前の智琉を知っている人間から見れば、それは当然のことではない。急に変わってしまったように見えるのだ。

(わたしが……智琉さんの可能性を……奪っている?)

弁護士としての活躍の場を、狭めてしまっている。杏梨の弱さのせいで……。

「藤沢さん」

おだやかだが厳しい声に呼びかけられハッとする。那智がちょっと困った顔で杏梨を見ていた。

「仁実が言っていたとおりだ。考えごとに没頭すると入りこんでしまう」

「……すみません」

「謝る必要はありません。集中できるのはいいことです」

杏梨はゆっくりと階段を下りていく。手すりを摑んでいた手は冷や汗で濡れている。それを拭うこともなく、落ち着くために一段一段、踏み締めながら足を進めた。

「父のことも、いろいろとご存知なんですね。おっしゃるとおり、わたしが智琉さんにお願いしたんです。悪いことをした人の味方をしないでくれって。だって、怖いじゃないですか。悪いことをした人を罪から逃れさせて、そのせいで……恨まれて、命を落として。父のことを考えると、わたしは目指していた弁護士という職業につくのがいやになった。でも……智琉さんには、そんな目には遭ってほしくない」

「本当にそれが理由ですか？」

「なぜですか？」

追い越した杏梨に合わせて那智も足を進める。二人並んで、ゆっくりと階段を下りた。

「目の前で父親が刺される場面を見てしまった女の子が思うのは、本当にそれでしょうか。私は、違う理由のように思えるのですが」

「そうですか」

「智琉も、同じように思っていると思いますよ。――貴女のことを想って、口には出さないだけで」

杏梨はなにも言わなかった。今口を開いたら、五年前から閉じこめていた想いが弾けてしまいそうだ。

ほんの数秒、重苦しい空気が二人のあいだに落ちる。それを払拭したのは那智のおだやかな声だった。

「話を戻しますが、藤沢さん、オリエンタルリードに移ってくれる気持ちは少しでもありますか?」

「ありません」

「即答ですね」

「智琉さん次第……かもしれませんが」

「それは無理でしょう。なんといっても、司法修習を終えた智琉が家業の事務所に籍を置かず個人事務所を構えてしまったのは、貴女のお父様の影響だ」

「父の?」

それは初耳だ。修習生時代に世話になったというのは聞いたが、そこまでとは知らなかった。

家業が大きな法律事務所だとは知らなかったので不思議にも思っていなかったが、考えてみれば籍を置くべき場所は決められていたようなものなのに、それを蹴って個人事務所に身を置いたのだから、よほどのことだったのだろう。

「先程、大手じゃなくては活躍できないというような言いかたをしてしまいましたが、あれは祖父と父の考えです。むしろ、個人事務所は小さな案件から大きな案件まで、簡単なものから年月をかけて取り組む難しいものまで、扱える案件は様々だ。そんなやりがいを、智琉は藤沢弁護士に学んだのでしょう。恩師と言ってもいいほど、影響を受けたのだと思います。大手の事務所で、チームを組んで大きな案件を扱うより、自分一人でじっくり考えてこなしていくほうが合っていると感じたのかもしれない。もちろん、個人事務所なんて父が許すわけがなかった。それでも自分でやりはじめてしまったので、半勘当状態でしたよ」

「勘当……」

「祖父があいだに入って話し合いをして、智琉が三十になるまで自由にさせるということになった。そのときまで自分のありかたを考えるようにと。けれど、智琉は自分の事務所を続行させた。なぜかわかりますね？」

わかると前提の質問だ。声は出さず、杏梨はただ首を縦に振る。

——父の事件があって、杏梨が智琉のもとに身を寄せた。あれは、智琉が二十九歳のときだっただろう。

もしかしたら智琉は、恩師の娘を引き受けたときに、自分の身の振りかたを決定していたのかもしれない。

「藤沢さん。立木、という男をご存知ですか」

階段を下りきったところで話題が変わる。那智の声にどこか鋭さがあった。

「立木……さん、ですか？」

聞いたことがある。それもごく最近。

「……人材エージェントで声をかけてきた人が……そんな名前でした」

話しかけられたときのいやな雰囲気がよみがえる。思いだすのも遠慮したい。

「そうです。怪しげな人材エージェントの男。――五年前、藤沢弁護士を刺した男の、息子です」

急ブレーキをかけるように足が止まった。数歩先を行った那智も立ち止まり、杏梨を見る。

「……息子……？　でも、名前が……」

思いだしたくもない。けれど、あのときの男の苗字は立木ではなかったはずだ。目を大きく見開き、杏梨は表情が落ちた那智を凝視する。

微笑みが消え無表情になると、さすがに智琉の兄といった雰囲気になる。動揺しても叫び出さずにすんだのは、そのおかげかもしれない。

「母方の性を名乗っているようです。貴女を車で脅すよう依頼したのも、火事になったアパートに箱を置いたのもこの男です。依頼を受けたチンピラとアパート近くで彼を見た目撃者、そして大家にも確認しました。なんて、さも知った言いかたをしていますが、これらを調べ出したのは智琉ですよ。あなたの前では調べたくなかった智琉が、仁実に協力を頼んで、防犯カメラを調べたんです。それを私が仁実から又聞きしたってわけです」

「智琉さんが?」

「画像は警察に提出しました。立木が捕まるのも時間の問題だ。智琉は、すべてが収まったころを見計らって貴女に報告するつもりだったのでしょう。なんの心配もいらない。なにも気にすることはないと。ほんと……どこまで過保護なんだか。いや、こういうのは、愛されていると言ったほうがいいのかな」

――大丈夫だ。なにも心配するな。

智琉の言葉を思いだす。彼は、守ろうとしてくれていたのだ。五年前、杏梨から父親と希望を奪った男の息子に命を狙われている。そんなことを知れば杏梨は動揺するし、五年前のことを思いだして苦しむかもしれない。

本当に、なんて過保護なんだろう。

どうして今ごろ杏梨を狙ってきたのかわからないが、それも智琉は知っているのだろうか。

また考えこんでしまうのを避けるために足を進める。ビルの出入口で立ち止まって那智に頭を下げた。

「いろいろ教えてくださり、ありがとうございました。事務所を移るお話に関しましては、お断りさせていただきます」

「智琉が移ると言っても？」

「……智琉さんは、移らないと思うんです。あの人は、自分のありかたを決めている気がする。それを曲げてもいいと思える出来事がない限り、意志を変えることはないでしょう」

「そう思う根拠は」

「わたしの父が、そういう人だったからです」

おだやかな顔が目を見開き、息を呑んだ。しかしすぐに表情を戻す。

「智琉の選択が、違わないことを願おう」

杏梨は深く頭を下げる。そして振り返らずにビルを出た。

智琉が弁護士としての父に感銘を受けていたことを知り、胸が熱い。目頭まで熱くなってくる。

そんな智琉なら、きっと、自分の信念を曲げはしない。

今ならわかるのだ。五年前のあの日、父の葬儀を終えた雨の中で杏梨を受け入れた理由が。

励ましや同情は、ときに大きな負担になる。それがわかっていたから杏梨に本音だけでぶつかり、行き場のない心を引き取った。

最初は、恩師への恩返しのつもりだったのかもしれないけれど、智琉はずっと、杏梨との約束を守り、杏梨を見守ってくれている。

（智琉さん……）

胸に手をあて、速い鼓動を感じる。今は、これを不整脈だとは思わない。鼓動がひとつ刻まれるたびに、智琉への愛情や尊敬が大きくなっていることを理解できる。

智琉を想い、父のことを思いだし、杏梨は聞き取りを終えたら【ぽえっと】へ向かおうと改めて決めた。

食事が目的ではなく、気になったことがあるのだ。

以前、店内で立木に声をかけられたとき、由佳里が立木を見てずいぶんと驚いていた。知人と似ていたからとごまかされてしまったが、由佳里は間違いなく立木を知っている。

驚いたような、おびえたような様子だった。立木が危険な男なのだとわかったせいもあるが、いやな胸騒ぎがする。

＊＊＊＊＊＊＊＊

――疲れた……。

裁判所の駐車場に停めた車の前で、キーを片手に智琉は大きなため息をついた。

仕事ならば、どんな激務のあとでも「疲れた」なんて思わない。

智琉には絶対的な活力剤がある。杏梨が「お疲れ様です」と笑顔で言ってくれるだけで疲労は討伐され、活力がみなぎってくるのだ。

杏梨と恋人同士になって彼女を抱くようになってから、さらにバイタリティレベルは上がり続けているのが実感できる。それなのに……。

（身内と話しているだけなのに……なぜこんな疲労感に襲われなくちゃならないんだ）

裁判所から呼び出しがかかり、てっきり昨日の公判の件かと思っていたというのに。智琉を待っていたのは、祖父と父だったのだ。

（職権乱用だろう。祖父さん……）

退職しているので厳密には職権濫用ではないが、今もなお影響力が強いのだろう。もちろん、話はオリエンタルリードに活動の場を移せという話だった……。

隣の駐車スペースに見知った車が入ってくる。智琉の表情がさらに曇った。

「間に合った間に合った。まだいると思ったんだ。そう簡単に帰してはくれないだろうからね」

にこやかに運転席から出てきたのは……那智である。彼は智琉の前に立つと、同じくらいの背丈を少しかがめて弟を覗きこんだ。

「機嫌悪い？」

「兄さんの顔を見るまではもう少しマシでしたね」

「そうか？　じゃあ、これからは実家に戻ってやれとは言わないって誓ったら、私にもニコニコしてくれるかい？」

「寝言ですか」

「いや、本気だよ。智琉の塩対応には慣れっこだけど、義理の妹にまで塩対応されたくないからね」

「まだ籍は入れていませんが」

「誰のことですか、とか、なにを言っているかわからない、とか、そうやってごまかさないところが智琉らしいよ。婚姻届をもらってきてあげるから、さっさと書いて出しておいで」

「婚姻届なら、すでに手元にあるので必要ないですね」

「準備がいいな、さすがっ」

軽くアハハと笑い、那智はポンッと智琉の肩に手を置く。——と、スッ……と表情を落とした。

「いい子だな。強い意志を持った、しっかりとした子だ。五年前、もし諦めていなかったら……いい弁護士になっていただろう。実に惜しい」

手を離し、おだやかな表情に戻る。そんな兄を横目に、智琉は注意深く言葉を出す。

「杏梨に、会ったんですか。俺抜きで」

「智琉はおじいさんと父さんと和気あいあいとしていたから仕方がない」

「おだやかないい人の仮面を外しましたか？　杏梨を怖がらせたのなら……承知しない」

「どうかな、覚えていない。けれど、怖がってはいないと思うよ。私がニコニコしていないときは智琉にそっくりらしいから。彼女は智琉の無表情を怖がらない奇特な女性だ。いい子を捕まえたな。実にめでたい」

「杏梨に、なにを言ったんです」

「転職を勧めた。オリエンタルリードに。即答で断られた。智琉が家業に戻ると言ってもかと確認したけれど……、駄目だった。あの子は、藤沢弁護士を恩師とした智琉を絶対的に信頼している。忠誠心に近いくらい。……本当に、いい子だ」

那智が他人を褒めるのは珍しい。それを考えると、兄に杏梨を褒められたことは素直に嬉しい。思わず口元がかすかに上がるほどだ。

……が、智琉抜きで、智琉に無断で、杏梨に実家のことを話したらしいことは、少々気分が悪い。

時期をみて、いろいろと準備をしてから話すつもりだった。話すのと一緒に、プロポーズもしたかったから……。

「ところで、智琉のほうはどうだった？　二人同時攻撃で説得された？」

「話が長くなるのはごめんなので。諦めて仁実に決めておけと言ってきました」

「ストレートだね。まあ、適任だけど」

「父さんだって、仁実の能力が高いのは認めている。弁護士としてもそうだが、あいつは人をまとめるのが上手いし、社交性もあり野心家だ。所属弁護士が多い大手をまとめていくと考えれば、あいつが適任なんです」

「おじいさんと父さんは、納得した？」

「わかってはいるでしょう。決めかねている理由は、仁実が離婚した妻についていった子だから。久我姓にこだわりたいのなら、もう一度結婚したらいい。どうせ母さんも同じ国際弁護士で、しょっちゅう一緒にあっちこっち行ってるんだから」

「まあ、離婚の原因が、二人とも忙しくて生活リズムが合わない、という、うちにとっては当たり前なことだったから」

「別居で解決することなのに。離婚までする必要はなかった」

「跡取り問題を含め、離婚してもなんとかなると思ってたんだろうね。ここまで智琉が意地になっているんだし、そろそろ策を講じるんじゃないかな。それでも、離婚してくれたおかげで母さんの即席ご飯から智琉のていねい豪華な食事に変わったから、私は嬉しかったけど」

気楽にハハハと笑う兄を、智琉は諦め半分に眺める。

後継者問題について、那智はすっかり傍観者だ。一番優秀な者が後継者になるという条件で智琉に白羽の矢が立ったものの、那智はさっさと検察官への道を選択し検事に収まってしまった。

那智が智琉よりも劣っていたとは思えない。それは、検事になってからの彼を見ていてもわかることだ。

……もしかしたら、後継者の枠から外れるために……。

——ときどき、そんなことを考えてしまう。

「そうそう、こんな話をしにきたんじゃないんだ。携帯の呼び出し音を切ったままにしてるんじゃないか？　大変なことを仁実から聞いてね、大至急智琉に伝えたいって」

「大変なこととは？」

「情報交換している刑事から聞いたらしいんだけど、例の男、立木、逃げたらしいよ。アパートがもぬけのカラだったらしい。追われているのはわかっただろうし、……追い詰められた人間が最後にすることは……なんだろうね」

「それを先に言え！」

車のドアを開け、急いで運転席に座る。エンジンをかけながらシートベルトを引くと、運転席の窓を那智がコンコンと叩いた。

窓を下ろすのと同じ速度で、那智の表情も落ちる。

「あの子の背中を押してやれ。五年前、父親の事件のとき、あの子が自分の中に閉じこめたものに、気づいているんだろう?」

智琉は窓を上げ、那智の表情が戻ったのを一瞥《いちべつ》する。ゆっくりとうなずいてみせてから、車を走らせた。

＊＊＊＊＊＊＊

ランチタイムは忙しいだろう。そう思い、【ぽえっと】を訪ねる時間をずらした。

店が混んでいないほうが話はしやすい。また、もしかしたら夫である邦明がいないほうが、由佳里は気楽かもしれない。そう考えて店の車がないのを確認し、邦明が配達に出ているのを狙ってやってきたというのに。

店のドアの手前で、杏梨は身体を固めていた。

「さっさと入れ」

押し殺した声が背中を押してくる。杏梨の背後にピッタリとくっついているのは、立木だった。片腕を摑まれうしろに回されているので離れることができない。

人が多い時間だったなら、こんな不自然な立ちかたをしていれば誰かが不審に思ったかもしれない。だが、閑散とした時間帯だ。ときどき通る車だって気にはしない。

店の前に差しかかったところで立木に腕を取られた。背後に回る直前、手に包丁のような刃物を持っているのが見えたので、今も杏梨の背中を狙って構えている可能性がある。

「……人材エージェントの人は、上手く引き抜けないとこうやって脅すんですか」

「警察が来た……。どうせもう全部バレてんだろう……。だったら、おまえもあの女も、全部道連れにしてやる」

「あの女……？」

もしや由佳里のことだろうか。やはり顔見知りなのだ。それもなにか因縁があるらしい。

「わたしが……あなたの父親を恨む理由はあるけれど、どうしてわたしがあなたに恨まれるんだろう」

「うるせぇ！」

よほど癇《かん》に障ったらしい。立木は杏梨の背中を強く押し、店のドアを開けて突き飛ばした。

体勢を保つことができず床に転倒する。店内には客がいたらしく、小さな悲鳴や椅子がずれる音などが聞こえた。

「杏梨さん!?」

両手をついて身体を上げると、カウンターから由佳里が出てくるのが見える。店内に入ってきた立木が、カウンターにいる年配の女性二人に向かって「さっさと出て行け！」と怒鳴り、二人はおびえた声を出しながら店を飛び出して行った。

「恨む理由があるだと！　それはこっちのセリフだ、畜生！」

立ち上がりかける杏梨を睨みつけ、立木が手にしていた包丁を両手で構える。小ぶりなものだが、人を傷つけるには充分だ。

「おまえの親父が犯罪者を庇うからこんなことになった！　おまえも犯罪者の娘も、一緒にくたばればいい！」

「やめて！　杏梨さんは悪くない！」

杏梨の前に由佳里が飛び出してくる。杏梨の肩を抱くように庇い、立木を怒鳴りつけた。

「仕返ししたいなら私にすればいい！　もう、彼女を苦しめないで！　父親を奪って、彼女の夢も奪って、そのうえこんな……」

「うるせぇ！　二人一緒にぶっ殺してやる！」

「由佳里!?」

立木が包丁を構えたまま突進してきそうになったとき、カウンター内の出入口からいないと思っていた邦明が飛びこんできた。とっさの行動だったのだろう、邦明はカウンター内にあった丸椅子を立木に向かって投げつけたのだ。

丸椅子は立木の肩を直撃する。背もたれのない軽いものだ。脚の部分が頭部にあたり、立木は包丁を落として壁にぶつかり、そのまま崩れた。

しかし動けなくなるほどのものではなかった。立木はよろけながらもすぐに立ち上がったのである。

杏梨はハッとして、近くに落ちていた包丁をカウンター側へ蹴飛ばして遠ざけた。

椅子があたったときに切れたのか、ひたいから血がしたたっている。血を手のひらで拭い、それをじっと眺めてから高笑いをした。

「血が出たぞ……怪我をさせたな……！　訴えてやる！　訴えてやる！　おまえも犯罪者だ、後ろ指を指されて苦しめばいいんだ！」

甲高い笑い声が店内に響く。どこか狂気じみた笑い声なのに、なぜか、悲しさを感じさせる。

立木は邦明を指差し「訴えてやる！」と繰り返す。杏梨の肩を抱いて庇う由佳里が悔しそうに唇を引き結んだ。

そんな彼女を見ているうちに、杏梨の中で今まで押しこめていたものが少しずつ膨らんでくる。出口を求めて膨張し、それを吐き出すように、――声をあげた。

「あなたが訴えても無駄です。今のは完全な正当防衛。岩井さんは犯罪者にはならない」

由佳里の肩を抱き返し、彼女をうしろに庇う。立木を睨みつけるが、そんな杏梨を立木はせせら笑う。

「口を出すな。おまえ、弁護士じゃないだろう。弁護士じゃないおまえが、そんなわかったような口叩くなよ」

――弁護士じゃない。その言葉に息が詰まる。後悔にも似た悔しさが湧き上がった。

立木が一歩にじり寄ってくる。由佳里をうしろに庇いながら、杏梨も一歩引く。

「……ふざけんなよ。なにが正当防衛だ……。暴力振るったほうが、怪我をさせたほうが悪いに決まってんだろう。おまえも、おまえの親父のクソ弁護士と同じで、犯罪者を庇うのか！　弁護士のくせに！」

「弁護士は、正義の味方じゃない！」

スッと出た言葉が、杏梨の中で巡回する。まるで血液のように回り、沁み渡った。

「そのとおりだ」

静かな声が響き、顔を向ける。カウンター内の出入口から出てきたのは智琉だった。彼は不安げに立ちすくむ邦明に軽く頭を下げる。

「すみません、裏口から入らせていただきました。店の前は、パトカーで固められているので」

道路側の窓に、音もなく回る赤色灯とパトカーが見える。立木も気づいたらしく、急にオロオロしだした。

「まず第一に、君は刃物を持っていたのだから、岩井さんに怪我をさせられたとしても正当防衛以外のなにものでもない。それに、先に怪我をさせたのは君のほう。岩井さんの車に、盗難車で衝突して怪我を負わせている。そのあとは、何度も奥さんに姿を見せては恐怖心を煽った。五年前の仕返しをしにきたと、おびえさせたかったのか。……悪趣味だな」

智琉がカウンターから出てくると、ドアが開き警察が入ってきた。立木が確保されホッとするが、すぐに由佳里が心配になって振り返る。

「由佳里さ……」

そんな杏梨に、由佳里が泣きながら抱きついてきた。

「ごめんなさい……ごめんなさい、杏梨さん」

「由佳里さん、謝らないでください。由佳里さんはなにも悪くないんですから」

「ずっと……ずっと謝りたかった……ずっと、杏梨さんに謝りたかった……五年前から、ずっと……」

「え……?」

まさかという想いが頭の中で回る。近づいてきた智琉が、静かな声で教えてくれた。

「岩井由佳里さんは、藤沢弁護士が刺される原因となった五年前の事件の、被告の娘さんだ」

驚きが湧き上がる。しかし、心のどこかに「やっぱり」という気持ちもあった。

智琉はいつから知っていたのだろう。そんな気持ちが表情に出ていたのか、続けて答えてくれた。

「岩井さんの依頼を受けてしばらくして、教えてくれた。杏梨の現状を知りたがっていたから、藤沢弁護士に誇れる立派なパラリーガルだと言った。岩井さんは、この五年、ずっと杏梨を案じていたんだ」

由佳里が事務所まで会いにきたり、智琉が【ぽえっと】に行くように仕向けたり。交流させたがっているような気配はあった。それをクライアントのアフターフォローかと解釈していたが、違うのだ。

「父の事件が原因で、杏梨さんのお父様が亡くなって……今までずっと、謝りたかった……。藤沢弁護士はとても優しい方で、父の話を聞きにきては不安そうにする私や母を勇気づけてくれました。本当に……本当にいい弁護士さんだった……。父を……家族を、守ってくれた……」

——事件は、どこにでもありそうな会社のパワハラがきっかけだった。

上司からひどいパワハラを受けて病んでいた後輩を、先輩社員が庇った。胸倉を掴まれた後輩を助けようと上司をつき飛ばしたところ、転倒して機材にぶつかり、ひたいを縫う大怪我をしたのだ。

　これは誰の目からも自業自得に見えるが、法律上は、誤って相手に怪我をさせた場合は過失傷害罪に問われる。

　だが、みんなの前で恥をかかされて憤った上司は「意図的に怪我をさせた。暴行だ、傷害事件だ」と騒ぎ立て、警察に被害届を出した。

　パワハラをした上司が立木の父親であり、被告となってしまった先輩社員が由佳里の父親だったのだ。

　彼を弁護し、正当防衛を勝ち取ったのが、杏梨の父、藤沢弁護士である。

　のちに立木の父親は、杏梨の父を殺害した。

　判決後、彼はパワハラが公になり会社を解雇され、生活は困窮、常に後ろ指を指されるようになってしまった。こんな目に遭うのも正当防衛を主張した弁護士がいたせいだと、逆恨みしたのだ。

「私と年の近い娘さんがいるって……。私が悲しそうにしていると娘さんが悲しんでいるように見えるから、早く元気になってもらえるように頑張りますからね、って……。いつも励ましてくれました。娘さんが弁護士を目指してるって聞いて、この人の娘さんなら、きっと、とてもいい弁護士さんになるんだろうなって、私も一緒に未来を想い描きました。……それが、あんなことになって……」

そういうことだったのだ……。

由佳里の話を聞きながら、今までのことが腑に落ちていく。

――杏梨さんが……弁護士さんだったらよかったのに……。

そう言っていた意味が、痛いくらいわかる。

「葬儀のとき、謝りたかったんです……。でも、結局杏梨さんには会えなくて……。そのうち、杏梨さんはご実家を出られてしまった。お母様から、大学を辞められたと聞いて……弁護士になることをやめてしまったのかと……、申し訳なくて申し訳なくて……。杏梨さんの夢を……お父様の希望を……、あの事件があったから……。ごめんなさい……」

葬儀の日、杏梨は逃げたのだ。

被告だった男性とその娘が会いたがっていると聞いていたけれど、とてもではないが会える精神状態ではなかった。

恨みを買って刺され、倒れていく父の姿がいつまでも頭の中で回っていた。

目の前で刺されたとき、杏梨が見ていたのはうしろ姿だ。刺された瞬間の父の顔や、刺された場所は見ていない。目に映ったのは、父の血で濡れた刃物だけ。現場が裁判所の前だったことから、犯人はすぐ警備員に現行犯逮捕された。

それでも、杏梨の心の中で、ひとつの大きな感情がふくらみ、破裂しそうになっていたのだ。

――弁護士になるのが、怖い。

誰にも言えない想い。

自分でも認められないその弱い感情を閉じこめ、杏梨は、手を差し伸べてくれた智琉にすがった。

刑事事件において弁護士は、被告人の犯罪を隠したり消すためにいるのではない。冤罪《えんざい》を晴らすためだけにいるのでもない。たとえ罪を犯したとしても、被告人の正当な権利利益を擁護するために弁護するのだ。

そんなことは充分わかっていたのに、智琉に「悪いことをした人の味方をしないでほしい」と言ってしまった。そして、智琉の活躍の場を狭めてしまった。

「違います……由佳里さんや、由佳里さんのお父様が悪いんじゃないです……」

声が震えた。

やっと、自分が押しこめて隠していたものを、出せるような気がしたから……。

「わたしが……弱かっただけです……。ずっとそれを、認めずにいた……」

ポンッと、杏梨の頭に大きな手がのる。顔を向けると、智琉と目が合った。

いつもの無表情ではなく、優しく微笑んでくれている。

まるで心を読まれているかのよう。

隠していた自分を素直に認めた。それを褒めてもらえているような気がして、杏梨は微笑み返しながら一筋涙をこぼした。


その後、警察で聴取を受け、立木の詳しい動機なども知ることができた。

父親は服役したが、家族にとってそれで事件は終わりではなかった。犯罪者の家族ということで、どこででも白い目を向けられ、肩身の狭い思いをしたという。友達や親戚縁者からも縁を切るように見放され、すっかり孤立した。

堕ちた運は、いつまでも続く。

なにをやっても上手くいかず、人材エージェントを名乗り風俗のスカウトや運び屋の手配をしていた。

そんなとき、忘れたくても忘れられない顔を見つけたのだ。父親の事件で、法廷で争った男の娘。それが由佳里だ。結婚して幸せそうに暮らしている。自分はなにもかも上手くいかないというのに。

蔑まれ堕ちた五年間の恨みが一気に噴出する。

最初は由佳里を手にかけるつもりだったらしい。しかし由佳里の店に出入りするもうひとつの顔を見つける。父親が服役する原因を作った弁護士の娘だ。

立木の標的は二人になった。自分が舐めた苦汁を味わわせてやる。それだけが、人生の目的になってしまった……。

ある意味、立木も被害者なのだ。たとえ父親が罪を犯しても、家族が責められるべきではない。世間からの迫害がなければ、誰かを傷つけようという荒んだ気持ちは生まれなかったのではないだろうか。

そんな杏梨の考えも含め、岩井夫妻と少し話をしてから、智琉とともにマンションへ帰った。

時間も遅くなったし疲れたしということで、智琉が簡単に雑炊を作ってくれる運びとなったのだが……。

「野菜も食べるんだぞ。柔らかくて味も沁みているからゴボウもちゃんと食べなさい。……胡麻《ごま》和《あ》えのゴマをわざわざ落とさないっ。雑炊は熱いからちゃんととんすいに取ってから……ほら、熱い」

「……ひゃほふはん……」

智琉さん、と言ったつもりだったが、熱い雑炊をそのまま口に入れるという無謀なことをしてしまったばかりに、上手く言葉が出ない。

氷が入ったグラスを無言で渡され、口腔内を冷やしてから改めて言葉を出す。

「智琉さん……お母さんみたいですよ……」

「それは嬉しいな。娘を想う母親並みに杏梨を想っていると言われているようなものだ」

……皮肉も通じない。

「悪いが、俺は杏梨の母上以上に杏梨を想っている」

……そしてこの自信。

杏梨は苦笑いで息を吐き、レンゲを持った手でテーブルを示す。

「この品数を見ればわかりますよ。どこが簡単なんですか」

簡単に、というからには、玉子雑炊でも出てくるのかと思いきや、カニあんかけ雑炊に牛筋とゴボウの甘辛煮、ほうれん草の胡麻和え、大根の浅漬け。……彼には、簡単、という単語を千回くらい辞書で引かせたほうがいいと思う。

「うちの母、今夜は簡単にすまそうね、って言ったら、本当に簡単でしたよ。温めるだけのパックご飯とお惣菜《そうざい》とか、チルドのラーメンに野菜炒《いた》め山盛りのせたやつとか。それが結構美味しいから文句も言えないんですよ。まあ、そもそも文句なんて言うつもりもないんですけど」

「自分一人じゃ、野菜炒めどころかチルドのラーメンも作って食べられないからだろう」

「……智琉さん……やっぱり、わたしが料理音痴なの……知って……ます……よね？」

彼の表情を探りながら、ひと言ひと言区切りつつ聞いてみる。もちろん一切表情を変えることなくサラッと返された。

「そんなもの最初から知っている。なにを今さら。それだから一緒に住むと決めたときに、家事は一切しなくていいと言ってあっただろう」

今さらながら恥ずかしい。苦手な料理もなにもしなくていいと言えば、おとなしく同居に応じるだろうと思われていたということではないか。

……実際、そうなのだが……。

「杏梨をパラリーガルとして引き受ける際、お母さんに聞いた。不器用なところを必死に隠していたようだが隠しきれていないこともたびたびで、かわいいし面白いなと思って見ていた」

「智琉さん……」

かわいいという言葉で幸せな気持ちにはなるが、面白いは微妙だ。

杏梨はレンゲを置くと、両手を膝に置いて居住まいを正す。

「わたし……ホント苦手だけど、でも、少し……練習してみようかな。苦手苦手ばかり言っていても仕方がないし、お休みの日にでも料理教室に通って……」

「いや、無駄なことはやめておけ」

「あっさり否定しすぎじゃないですかっ?」

結論を出すのが早すぎる。せっかく一大決心をしようとしていたというのに。

席を立った智琉が杏梨の横に立つ。テーブルに片手をついて、もう片方の手を杏梨の頭にのせた。

「杏梨にそんな暇はない。これから忙しくなる。食事なんて俺が作るから、一生それを食べていればいい」

「忙しくって、なにか大きな案件でも……」

そこまで言って……言葉が出なくなる。智琉が忙しくなると言ったあとの言葉が、頭の中でぐるぐると回った。

――一生それを食べていればいい。

（一生……）

杏梨を見つめる眼差しが愛しさにあふれている。これは、甘やかしてくれるときに見せてくれる表情だ。

「一生……智琉さんのご飯……食べていいんですか？」

「俺はもう、杏梨にしか作る気はない」

ドキドキと鼓動が騒ぎだした。これは、もしかしなくてもプロポーズというものではないか。

膝に置いていた両手を取られる。身体の向きを変えて智琉と向き合うと、彼が膝立ちになって杏梨を見つめた。

「杏梨、弁護士になれ」

「え……？」

予想もしていなかった言葉が出てきて、ドキドキどころか心臓が飛び跳ねた。

「今年は間に合わないが、来年、司法試験の予備試験を受けるといい。杏梨なら絶対に合格できる。そうすれば、司法試験を受けられる」

予備試験とは、法科大学修了と同等の知識と応用能力、そして法律の実務の基礎素養を判定するもので、合格すると司法試験を受ける資格が得られるものだ。

「でも……勉強も、なにもしていない……」

「法学部にいたときに、すでに教授から予備試験を勧められたんだろう？　かなり優秀だったということだ。それに俺のところでパラリーガルとして司法の世界に携わった五年間がある。そしてなにより、杏梨のそばには俺がいる。受からないはずがない。杏梨が、弁護士になれないわけがない」

目を見開き、智琉を見つめる。その瞳がにじみ、涙がこぼれた。

「……わたし……悔しかった……」

見守ってくれる強い瞳を見つめながら、杏梨は言葉を続ける。

「今日……犯罪者扱いをされた岩井夫妻を見て、悔しそうな由佳里さんを見て、わたしも悔しかった。守りたいって、この人を守ってあげたいって強く思った。けど、わたしがなにか言っても、弁護士じゃないおまえが、そんなわかったような口叩くなって言われたら、どうしようもない。わたしはパラリーガルであっても、弁護士ではないから……」

片手で杏梨の両手を握ったまま、智琉の指が頬に流れる涙を拭う。

「わたし、ずっと認められなかった……。認めるのが怖くて、不甲斐ない自分が恥ずかしかったから……。でも、悪い人の味方をして命を落とすなんて馬鹿らしいから弁護士になりたくない、なんて……嘘。ただの強がり。……本当は……ただ怖かったんです。恨まれて刃物を向けられることもあるんだと思ったら、弁護士になるのが怖くなった。でも、弱虫だと思われたくなくて、父みたいになりたくないからって……自分も騙《だま》して……本当はわたし……、弁護士になりたかった……！」

「わかっている」

流れる涙を、智琉の唇がすくう。頬に目元に彼の唇を感じながら、杏梨は心の中にあった枷《かせ》が外れていくのを感じた。

「智琉さん……ごめんなさい。わたし、わたしが弱かったから、智琉さんに悪い人の味方をしないでくれって、無茶なことを言って、智琉さんが活躍できる場を狭くしていた。もっともっと活躍できる人だってわかってるのに、わたしの弱さのせいで弁護士としての智琉さんを、駄目にするところだった」

枷が外れた心は、繋ぎ留めていた感情を自由にする。

「もっと智琉さんに活躍してほしい。刑事事件もたくさん担当して、法廷でお兄さんとやり合うところが見たいです」

「それはごめんだ」

即答されると二の句が継げない。しかしすぐに智琉の補足が入った。

「でも、杏梨がそういった難事件を受けることを許可してくれるなら、久我那智検事をやりこめてみせる」

頼もしい言葉が出た。杏梨が笑顔になると、涙が止まった目尻にチュッと唇が触れた。

「杏梨、俺がついている。一生、おまえを守るから。食事の心配もさせないから。だから、杏梨も弁護士になれ。弁護士夫婦でひとつの事務所をやるのって、かっこいいだろう」

智琉の言葉を胸に沁みこませ感動を味わってから、杏梨はクスッと笑う。

「感動すること言われてるのに……なんか、おかしい……」

「どうして。俺の作る食事では不満か？」

「そんなわけがないじゃないですか」

椅子から身体を滑らせて智琉に抱きつく。体重をかけるように抱きついてしまったせいで、智琉が片手で床に後ろ手をつき、もう片方の手で杏梨の腰を抱いた。

「一生、智琉さんのご飯が食べたいです」

「お母さんみたいって言うなよ？」

「言いません。正直、智琉さんのほうが口うるさいから、お母さんに文句言われちゃう」

「よし、じゃあ、結婚するか、杏梨」

「はい、します！」

抱きつく腕に力を入れると、さらに体重がかかり智琉が床に倒れる。

いつもは杏梨が押し倒されているせいか、ムクムクと湧き上がる優越感のままに自分から唇を合わせた。

幸せで堪らない。昂ぶる気持ちのままに彼の唇を食み、舌を絡める。

今回はスタートを仕掛けるのが逆だったが、いつまでも主導権を握らせてはもらえない。智琉の両手が背中をまさぐり、徐々に下がってスカートをまくり上げながらお尻を撫で回した。

双丘をキュッと掴まれると腰が震える。クスッと笑われたのがわかって少し悔しい。盛り上がる気分に便乗して、杏梨も智琉の下半身に手を伸ばしてみた。

おそるおそる前立ての上を探ってみる。少し力を入れると形のあるものがそこに収まっているのがわかる。

胸をさわるようにお尻の円みを揉み回され、その刺激で腰が上下する。

「あぁんっ……！」

唇が離れ、思わず前立てをさわっていた手にも力が入ってしまう。布の向こうで形づくっているものが硬くなったのがわかった。

驚いて手が離れそうになったものの、今までさわったことのない彼に触れたいという気持ちが大きく動き、そのままキュッと握ってみる。

形に添って揉むようにさわっていくと大きさも硬さも増していった。さわればさわるほど大きくなっていく。これは気持ちがいいから、智琉が気持ちいいと思ってくれているから大きくなっているのだ。

そう思うと嬉しくなって、子宮のあたりがずくんと熱くなる。

「積極的だな、杏梨」

「智琉さんが……興奮してくれてると思うと、……嬉しいから……」

「困ったな。大興奮なんだが」

お尻のほうからストッキングが破られる気配がする。ショーツの横から智琉の手が入ってきて秘裂で指を暴れさせた。

「あっ、やンッ……破いちゃ……ダメェ……」

「破いてから言うな」

「もぉ……そうやって、ああっ、ぅうンッ……」

拗ねた口調も快感に負けて、すぐあえぎに変わってしまう。そうしているうちに彼のトラウザーズのフロントが張り詰めた。

「パンパン……ですね」

「杏梨がびちゃびちゃになるのと同じ理由」

秘部で踊る指が言葉どおりのびちゃびちゃとした音をたてる。腰をずらして上半身を浮かせるとブラウスのボタンを外された。

「杏梨、脱がせてくれる?」

小さくうなずき、シャツボタンを外していく。外し終えると「下も」と要求が出た。緊張するより好奇心でドキドキする。フロントをくつろげると、智琉が腰を浮かせてくれたのでトラウザーズと下着を一緒に下げる。

熱り勃ったモノが勢いよく飛び出し、ビクッと手が震えた。軽く笑った智琉が杏梨の両手を取り、その先へ導く。

「おいで。俺を、杏梨で包んで」

力強く、艶のある声に脳が煽られる。口腔内に溜まった唾をごくりと飲みこみ、杏梨はそそり勃つ猛りの上に跨《また》がった。

智琉に手を取られ、ゆっくりと腰を下ろす。下方の固さに見合わない、柔らかく膨らんだ切っ先が膣口に引っかかり、一瞬外れそうになりながらも入口をぐにゅっと広げた。

「あ……あああっ……!」

挿入の刺激に負けて腰を落としてしまったばかりに、ずぶずぶずぶっと勢いよく剛直が埋まっていく。蜜路がいっぱいに満たされ、杏梨は背中を反らして身悶えした。

「あぁっ……あっ、さとる……さんっ、熱……」

「ああ、杏梨のナカも熱いな。……そのまま入ったせいもあるが……」

ムードと勢いにのって避妊具を忘れていた。もちろん、一度抜いてつけてから改めて、という選択はありなのだが……。

智琉と視線を合わせる。彼を見つめていると、見つめられると、子宮の奥まできゅんきゅんして止まらない。

「やっぱり、智琉さんの顔……好き……」

自然と腰が動く。前後に、上下に、智琉を感じたい気持ちが先行した。

「顔だけ?」

「全部っ……あっぁあっ!」

愛しさが官能を煽る。昂ぶりを表すように腰の動きも大きくなった。

「俺も、杏梨の全部が好きだ」

ブラジャーを押し上げられ、両方の乳房を揉みしだかれる。杏梨は自分でホックを外し、彼の手が動きやすいようにした。

「智琉さ……きもち、いいっ、ンッンッ」

「すごく気持ちよさそうだ。感じている杏梨も、最高にかわいい」

「ほんと……? アッぁあンッ……!」

前後に動くと、彼の皮膚に秘珠が擦られ、なんともいえない快感が集う。自分の力加減で快感の度合いが変わるそれはまるで自慰行為のようで、彼と繋がっているのに口に出せない恥ずかしさがある。

「ンッ……あっ！　ダメ……あぁっ！」

このままでは達してしまいそう。しかし智琉と快感を共有したくて繋がっているのに、これはいけないことなのではないか。

そんな想いが杏梨の行動を制限する。しかし智琉はお見通しらしく、片手で乳房を揉み回しながら、もう片方の手を繋がった部分に伸ばした。

「遠慮するな。自分が気持ちよくなれる方法を知るのは悪いことじゃない。杏梨は学習能力が高いから、もっともっといやらしくなれる」

「いやらしくとか……あっ、あああっ、やっ……！」

ぐちゅぐちゅと蜜が溜まる湿地で、智琉の指に淫粒を嬲《なぶ》られる。すぐに絶頂の波が襲ってきた。

「やぁぁぁン……！　あぁっ——！」

智琉が上半身を起こし、片手を後ろ手についたまま、もう片方の手で杏梨の腰を摑み猛然と腰を突き上げる。荒れ狂う剛強の猛攻に、杏梨の官能も悶え狂った。

「あぁっ……！　やぁ……さとるさっ……ダメ、イクっ……また……んぅんンッ……！」

「いいぞ……。俺も……イって、いいか……このまま……」

返事の代わりに、杏梨は智琉に抱きつき唇を合わせる。互いに互いの唇を貪りながら、激しく雄雌をぶつけ合った。

「んっ……ンッ！　ダメっ……イ、クっ……さとるさぁあっ————‼」

喜悦の声をあげる杏梨を、智琉は両腕で強く抱き締める。

絶頂の波に呑みこまれるのと、胎内に熱い飛沫《しぶき》を感じて、全身が燃えてしまいそうなほどの陶酔感に襲われるのが同時だった。

「あ……ぅん……」

意識が法悦の果てにさらわれる。

幸せに包まれながら揺蕩《たゆた》う身体は、智琉に引き寄せられ……抱き締められた。

「杏梨……」

密着する身体から伝わる熱い体温、脈打つ鼓動と、息づかい。

「智琉さん……」

「愛してる」

両手でしっかりと、杏梨はこの愛しさを抱き締めた。

エピローグ

智琉との結婚を決め、杏梨は二人そろって母のもとへ報告に行った。

母は大歓迎してくれたが「杏梨は料理が信じられないほど下手なんですけど、大丈夫ですか?」と、それが一番心配らしく、何度も智琉に聞いていた。

その際、もちろん父親の仏前でも報告をしたのである。

次は、久我家への挨拶である。

智琉に言わせれば、

「面倒だから特にいらない」

とのことだが、そんなわけにはいかない。

那智と仁実は面識があるからなんとかなるとして、問題なのはやはり父親と祖父だろう。

杏梨の父が智琉の恩師で、その影響で個人でやっていくことにこだわっていると思っているのなら、嫌みのひとつも覚悟しようと腹をくくったのである。

が、意気込みは無駄に終わり、杏梨は予想外にすんなり受け入れられた。

離婚はしているものの、身内感覚の母親のおかげだ。

「男ばかりだったから、かわいいお嫁さん嬉しいわ〜。弁護士目指すんだって？　夫婦で弁護士なんてカッコイイよね。いいなぁ」

ひとしきり羨ましがったあと、久我の父に「もう一回結婚しよっか」と迫っていた。

もしや杏梨を緊張させないために明るく振る舞ってくれているのではと勘繰ったが、もともとこういう女性らしい。

また、「結婚しよっか」と迫ったのも兄弟たちにとっては都合がいいらしく、本気でそうなってくれれば事務所の跡継ぎ問題も楽に片づきそうで「すぐしたらいいよ！」と三人声を合わせてけしかけていた。

両家への挨拶は滞りなく上手くいき、二人は早々に籍を入れた。

しかし、結婚式はお預けである。

一年後、杏梨が無事司法予備試験を突破し、その後司法試験に合格したら挙げようと決めたのだ。


「久我さーん、久我杏梨さーん」

最近やっと慣れてきた名前を楽しげに呼ばれ、杏梨が顔を上げる。デスクの横で美雪が満面の笑みで立っていた。

「はいこれ、杏梨さんが留守中に来た相談者のぶんです。精査しました」

「ありがとう、じゃあ、チェックして申請書を……」

書類をめくって見ていると視線を感じる。顔を向けると美雪がキラキラした目で杏梨を見つめていた。

「杏梨さん……最近また綺麗になりましたね……。あたし、お二人の結婚式が楽しみで楽しみで堪りませんっ」

「アハハ、ありがとー。でもまだ先の話だからね。そのためには突破しなくちゃならないものがあるから」

「杏梨さんなら大丈夫です。あたし信じてます。結婚式では写真撮りまくりますね。スチル回収しまくるのが楽しみで楽しみで」

「そ、そう……ご期待に添えるように頑張るね……」

「はいぃっ」

相変わらず会話のところどころが不明だ。

最近わかったのは、美雪は智琉と杏梨が仲良くしているのを見ると、それだけでご飯が三杯食べられるくらい幸せなのだそうだ。

明確に理解はできないが、美雪が幸せならいいのではないかとも思う。

由佳里とは、今も友人として関係が続いている。

大家の日出子は、杏梨がお見舞いにいったあとすぐに退院した。耳が聞こえにくかったこともあって、娘家族と同居することになったらしい。

事務所のドアが開く。智琉が外出から戻ってきたのを見て、杏梨はデスクから立ち上がり、美雪は「おかえりなさい先生」と元気な声を出した。

「はい、お土産」

「わー、ありがとうございますー、コーヒー淹れますね、紅茶がいいですか?」

智琉からケーキの箱を受け取り、美雪がはしゃぐ。すぐにハッとして、どことなくわざとらしく斜め上に視線を向けた。

「あー、なんかミルクティーが飲みたいですね～。そういえば牛乳が切れていたかも。あたし、ちょっと買ってきますね～」

ケーキの箱を置き、美雪はバタバタと事務所を出て行く。

「増子さん、今日も機嫌がいいな」

「結婚式が楽しみらしいですよ」

美雪が言っていたままの説明をすると、そばに寄ってきた智琉が杏梨の顔を覗きこんだ。

「俺だって、楽しみだよ。奥さん」

顔が近づき、唇が触れる。

杏梨は恥ずかしそうに、そして、幸せそうにはにかんだ。

「頑張ります、旦那さんっ」

――そして数年後、やり手の弁護士夫婦が誕生するのだが……。

それはまた、先の話である。

END

あとがき

キャラクターの設定を考えるとき、だいたいヒーローやヒロインはひとりっ子の場合が多いです。

いても二人きょうだい。

なので、智琉《さとる》の三人兄弟は多いほうですね。（他で五人兄弟がいるので一番ではないです）

個人的に仲のいい兄弟姉妹が好きなせいか、たいてい兄弟姉妹関係は良好にしてしまいがちです。

たまに破綻しているときもありますが、それはそのお話に必要だからということで……。

個性的な兄弟姉妹は書いていて楽しいです。

今回の久我《くが》三兄弟も楽しかったですよ～。

弟はアレでヒロインをモヤモヤさせるし。（ネタバレ防止のために、かなりごまかして

おります)
兄もアレでヒロインを困らせるし。(ネタバレ防止のために、かなり……以下略)
え？　ヒロイン、遊ばれてない？
いえいえ、そんなことはないです。兄と弟にもかわいがられている……はず。たぶん……。

今回のヒロイン、杏梨《あんり》は、かなり鈍い、というか、少々考えかたが独特な女性です。

本人にも言わせていますが、青春時代に父の背中を追い、弁護士になることだけを目標にして成長したんですよ。

いいのか悪いのか、異性にはまったく興味を持っていませんでした。

唯一男性に関心を持ったとすれば、父親が出廷したときの担当裁判官をすべて記録していた、という裏設定くらいです。

智琉を見て「不整脈！」と感じさせるたびに、この子、大丈夫かなぁ、と書きながら苦笑いでした。

ある意味、智琉に拾われてよかった……。

本編には出さないけどこんな裏設定があるんですよ、というもののなかに、今回はクリーンサービスの女性たちのものがあります。

そう、久我先生ファンクラブ（笑）。

美雪《みゆき》然り、自分の推しには幸せになってもらいたいじゃないですか！（力説）

智琉推しの彼女たちも、推しの幸せを願っているわけです。でもその推しに女性の気配が一切ない。

「久我先生は、一生独身貴族なのかねぇ、もったいないねぇ」なんて言っているところに現れたのが、杏梨なわけです。

性格よし、元気、仕事も一生懸命、かわいい、智琉にも臆することなくついていく。というか、仲良し。

「さっさと、くっつけ！」

というわけで、志麻《しま》さんをはじめとするクリーンサービスの女性たちは、久我先生ファンクラブ、であると同時に「久我先生と杏梨ちゃんがくっつくのを見守る会」なわけです。

それを匂わせるシーンもさらっと入ってるんですよ。杏梨が綺麗めの服装をしていたあたりです。わかるかな？

今回はあとがきページを多めにいただけたこともあって、いろいろと好き勝手なことを書いてしまいました。

あとがきまでおつきあいくださり、ありがとうございます。
そろそろ締めにいきますね。

担当様、今回もありがとうございました。担当様とお仕事をするなかで、こういった特殊職業のヒーロー（極道は別として）は初めてだったのですが、つっこみどころが的確で、本当に助かりました。また法曹ヒーローを書きたいので、よろしくお願いいたします！（やだって言われないように予防線を張っときます（笑））
挿絵をご担当くださりました、芦原《あしはら》モカ先生。ヒロインに「顔だけはいい！」と言われてしまうヒーローですが、本当に素敵なヒーローにしていただけたなぁと、惚れ惚れしております。ヒロインもかわいらしくて嬉しいです。ありがとうございました！
本作に関わってくださいました皆様、見守ってくれる家族や友人、そして、本書をお手に取ってくださいましたあなたに、心から感謝いたします。

ありがとうございました。またご縁がありますことを願って――――。
幸せな物語が、少しでも皆様の癒やしになれますように。

令和五年二月／玉紀《たまき》　直《なお》

Vanilla文庫Miel
財閥社長と華麗なる婚前同居
玉紀直
illust 七里慧
初夜は結婚までお待ちください!

Vanilla文庫 Miel
お義兄さまとは呼べません！
御曹司と溺愛同居♥
これ以上、
やかさないでください!
好きになっちゃいます!!
玉紀 直
Nao Tamaki
Illust なま
「かわいい『妹』と暮らしてなにが悪い?」一夜限りの関係を持ってしまった龍史さんが、今日からお義兄さま!? 思い出すのも恥ずかしいほどトロトロにされちゃったあの夜が忘れられないまま、兄妹のレベルを超えてべたべたに甘やかされる毎日♥ 彼の熱っぽい視線に気持ちを持っていかれそう。けれど御曹司の彼を誘惑していると周囲に勘違いされ!?
オトメのためのイマドキ・ラブロマンス♥

Vanilla文庫 Miel
貴方の子どもじゃありません！
玉紀直
Illustration 森原八鹿
元カレCEOといきなり夫婦生活!?
強引CEO×子育て女子。熱愛リスタート♥
妹の子供・海花を育てている春花。ところが三年前に別れた海翔が会いにきて、二人の子供だと勘違い！「結婚して三人で暮らそう」と喜ばれてしまう。ワケあって真実を言えないことには心が痛むが、彼のアプローチは嬉しい。離れていたぶん募った愛で身体のすみずみまで可愛がられて、さんざん啼かされて♥　だけど、いつまでも隠してはおけなくて…!?
オトメのためのイマドキ・ラブロマンス♥

コワモテ弁護士に過保護にお世話されてます

Vanilla文庫 Miel

2023年3月20日　第1刷発行　　定価はカバーに表示してあります

著　　者　玉紀 直　
装　　画　芦原モカ
発 行 人　鈴木幸辰
発 行 所　株式会社ハーパーコリンズ・ジャパン
東京都千代田区大手町1-5-1
電話 03-6269-2883（営業）
0570-008091（読者サービス係）
印刷・製本　中央精版印刷株式会社

Printed in Japan ISBN978-4-596-76927-5